PASSOS

Marcos Lagrotta

Direitos autorais © 2025 Marcos Lagrotta

Todos os direitos reservados

Os personagens e eventos retratados neste livro são fictícios. Qualquer semelhança com pessoas reais, vivas ou falecidas, é coincidência e não é intencional por parte do autor.

Nenhuma parte deste livro pode ser reproduzida ou armazenada em um sistema de recuperação, ou transmitida de qualquer forma ou por qualquer meio, eletrônico, mecânico, fotocópia, gravação ou outro, sem a permissão expressa por escrito da autor.

ISBN: 9798287446024

Design da capa por: Marcos Lagrotta
Número de controle da Biblioteca do Congresso: 2018675309

Impresso nos Estados Unidos da América

"A vida é cheia de recomeços e ecos, cada passo que deixamos na terra é único, como um sapato feito à mão."

— FRAGMENTO ATRIBUÍDO A UM SAPATEIRO ANÔNIMO.

ÍNDICE

Página do título
Direitos autorais
Epígrafe
Prefácio
Capítulo 01   1
Capítulo 02   6
Capítulo 03   12
Capítulo 04   17
Capítulo 05   26
Capítulo 06   33
Capítulo 07   41
Capítulo 08   47
Capítulo 09   51
Capítulo 10   59
Capítulo 11   63
Capítulo 12   72
Capítulo 13   77
Capítulo 14   86
Capítulo 15   94

Capítulo 16	99
Capítulo 17	104
Capítulo 18	110
Capítulo 19	118
Capítulo 20	129
Capítulo 21	134
Capítulo 22	147
Capítulo 23	153
Contextualização Histórica	163
Referências	182

PREFÁCIO

Essa história nasceu de documentos, lembranças e silêncios. Como toda memória antiga, traz marcas de tempo, lacunas e poeiras. A história de João, nascido Giovanni, atravessa oceanos e séculos, unindo as montanhas da Basilicata no sul da Itália às serras mineiras, e costurando em silêncio um destino familiar entre selas e sapatos nos tropeços da História. Ao leitor, ofereço mais que uma ficção. Um romance baseado em fatos, guiado por um fio de humanidade que une gerações de mulheres esquecidas, filhos que cresceram com ausências, e cidades que ainda guardam ecos de nomes escritos à mão em registros eclesiásticos e arquivos de velhos cartórios.

CAPÍTULO 01

Cinzas do Reino

No ano da graça de 1860, as espadas brilharam ao sol da Sicília como se fossem promessas. Garibaldi, homem de voz rouca e olhos de mar revolto, desembarcou com seus mil — mil camisas vermelhas e uma esperança bordada de pólvora. Diziam que vinha libertar os filhos do Mezzogiorno. Liberdade, essa palavra traiçoeira como uma noiva jovem que foge na véspera das bodas.

As gentes das aldeias, descalços de pés rachados e olhar cismado, desceram dos montes para vê-lo passar. "È venuto!" — diziam, como se pronunciassem o nome de um santo guerreiro. Não sabiam ainda que ali começava um outro cativeiro, mais sutil, menos visível que o dos Bourbon.

Garibaldi venceu. Nápoles caiu sem resistência, e o Reino das Duas Sicílias se desfez como um pão velho na água. Os sinos dobraram. Houve festas nas praças. Alguns falaram em redenção. Mas o povo, esse povo que mastigava silêncio e farinha grossa, logo voltou às suas enxadas, só que agora sobre terras que não mais lhes pertenciam.

O Norte desceu como quem traz progresso nos bolsos e leis nos alforjes. Vieram agrimensores, ministros, capitães de finanças. Falaram em unidade, mas o que fizeram foi dividir: dividir os campos, os ofícios, a

1

dignidade.

As fábricas de Nápoles calaram suas chaminés. Os estaleiros de Castellammare, antes vivos como formigueiros, viraram esqueletos de ferro à beira-mar. O aço deu lugar ao pó, e o pó entrou pelos narizes e bocas das famílias operárias.

Em Basilicata, onde os montes vigiam como padres tristes, os camponeses viram as terras comunais — aquelas mesmas onde os filhos pastavam cabras e os mortos descansavam — serem tomadas por decreto. Vendidas como se fossem farinha de feira, passaram às mãos de barões alinhados ao Piemonte, gente que nunca sujou os pés na lama dos vales.

Os impostos subiram como se fossem castigo divino. Sal, azeite, farinha — tudo pesava mais. E mais pesava o silêncio das panelas vazias. O povo, agora súdito de um rei distante, olhava o céu e perguntava se Deus havia mudado de lado.

Em Lauria, na beira de um penhasco, uma velha chamada Mariangela contava que seu bisavô havia cavado com as mãos o chão onde nasceu o trigo da família. Agora, o neto dela, Pasquale, mendigava moedas na praça. A honra, essa herança invisível dos italianos do Sul, virara lenda que se contava para que o coração não apodrecesse.

As colheitas falhavam. A fome comia primeiro as palavras, depois os corpos. As igrejas deixaram de tocar os sinos de festa — tocavam apenas os de defunto. As mães embrulhavam os filhos em panos e caminhavam léguas para enterrar os pequenos nas covas rasas de Potenza, Matera, Taranto.

Não foi viagem, foi fuga. De Lauria, de Corleone,

de Trapani, partiram homens de chapéu roto e mulheres de olhos de rezadeira, levando nos ombros a memória de suas casas. Muitos para o Brasil, onde diziam haver terras férteis e onde a escravidão estava para acabar — talvez por isso chamavam os italianos de "brancos para o trabalho negro".

A bordo dos navios engalanados com promessas e bolor, vinham os homens de rosto encovado e olhos fundos de esperança — que haviam trocado a fome de suas aldeias pelo eco de um Brasil imaginado. Não sabiam bem o que os esperava; mas sabiam, ao menos, o que deixavam: campos estéreis, dívidas impagáveis, filhos magros e uma Europa que lhes virava as costas com o mesmo descaso de quem se livra de um móvel velho.

Dizia-se, nas tavernas de Nápoles e nos cafés de Gênova, que o Brasil era terra de leite e mel — ou, ao menos, de terra. Um lugar onde se poderia colher liberdade como se colhe uva madura, e onde a vida prometia um alívio que o velho continente não mais sabia dar.

E vinham. Vinham com as calças de linho remendadas e os sonhos passados a ferro. Vinham com a imagem da terra generosa, onde o suor do rosto renderia colheitas próprias, e não para os bolsos de um barão. Vinham também com fé — não em Deus, que já os parecera surdo, mas num futuro cuja silhueta, mesmo nebulosa, parecia melhor que a sombra do passado.

Quando desembarcavam, porém, o paraíso prometido tinha ares de senzala reciclada. A terra? Era dos outros. A liberdade? Condicionada a contratos que poucos sabiam ler. O trabalho? Sem descanso. Não se diga, contudo, que os senhores de terras eram ingratos. Davam

3

cama, ainda que de palha; pão, ainda que dormido; e terras, ainda que não suas.

Havia, entretanto, entre esses homens de chapéu na mão e calo nos dedos, os que insistiam. Queriam fincar raízes, formar família, criar escola, dar nome ao bairro. Não queriam revolução, nem títulos, apenas um recanto onde seus filhos não herdassem a mesma miséria de onde vieram.

No entanto, o Brasil da segunda metade do século XIX — ainda entre o ouro do trono e o sangue da escravidão — via-se às voltas com outra ambição. Queria modernizar-se, sim, mas à imagem de Paris e Berlim. Era preciso "melhorar" o povo, e para isso convocaram a Europa a vir povoar o trópico. O projeto era simples: mais trigo, menos dendê; mais olhos azuis, menos peles escuras. O imperador, que gostava de livros e ciências, ouvira de seus sábios que a salvação do Brasil viria em navios.

Mas nenhum navio traz salvação sem cobrança. E a cobrança vinha em parcelas: no corpo dobrado do colono, no filho doente, no sonho adiado. A dívida, ah, a dívida! Essa sim, vinha certa, e só deixava o homem livre quando ele já não tinha mais força de plantar nem vontade de colher.

Assim foi, que entre promessas e calos, fez-se o Brasil de imigrantes. Não se tratava de epopeia, senhores, mas de necessidade. E a necessidade, todos sabem, é prima-irmã da resignação.

Não faltaram entre os imigrantes os que enlouqueceram, tampouco os que enriqueceram. Mas a maioria seguiu como as árvores que plantaram: fincadas, quietas, sem saber se o solo as queria.

E o país, esse sim, colheu os frutos. Ainda que sem lhes dar nome, ainda que sem lhes erguer estátuas, ainda que os desejasse apenas pelo que poderiam apagar — e não pelo que podiam construir.

Mas os que vieram, vieram para ficar. E ficaram. E ao ficarem, reinventaram-se. Porque, ao fim, o Brasil nunca foi pátria de chegada. Foi sempre terra de reinvenção.

No Sul da Itália, ficou o vazio. Casas fechadas. Igrejas com bancos quebrados. Aldeias onde só os velhos restaram, contando histórias aos fantasmas que andavam descalços pelas ruelas.

A unificação trouxe o hino, a bandeira, os uniformes. Mas não trouxe pão, antes disso veio com a fome.

Os que ficaram aprenderam a calar. Os que partiram aprenderam a esquecer — ou a sonhar. No Brasil, muitos viraram lavradores, padeiros, seleiros, sapateiros. Traziam no sangue o lamento dos montes e no peito um nome que não se apagava: Itália.

E se alguém lhes perguntava de onde vinham, respondiam com uma lágrima que não sabia se era de saudade ou alívio.

CAPÍTULO 02

Daquilo que não se Diz, mas se Sente

Se é verdade que há cidades que nascem do coração dos homens, Láuria, sem dúvida, nasceu da saudade dos deuses. Perdida entre as nervuras agrestes da Basilicata, assoma aos olhos como uma antiga senhora de mantilha escura, rosto sulcado de tempo, que se recusa a morrer — e por isso sobrevive em silêncio.

Incerto é o seu nascimento, como é incerto o nascimento dos mitos. Alguns eruditos, embebidos de manuscritos e sonhos, juram que Láuria foi, outrora, a nobre Lagaria — flor da costa tirrena, abençoada por ninfas e frequentada por exilados cretenses que buscavam, nos vales da Itália, o que lhes faltava na ilha ardente. Outros, mais discretos, preferem chamá-la de Alci, nome curto como uma lembrança esquecida, mas carregado de ressonâncias antigas. Que importa? A cidade parece pouco se importar com o nome que lhe dão — e menos ainda com o século em que a situam.

O certo é que foi violentada por muitos: Pirro, com suas lanças e seus provérbios, os visigodos de Alarico, os longobardos de Benevento, os sarracenos furiosos em 916, e — como se não bastasse — os franceses, que em 1806 massacraram-lhe o povo como quem apaga com raiva um nome de família escrito em pergaminho antigo.

Cada pedra da cidade, portanto, é uma sobrevivente — e não há sobrevivente que não carregue em si um pouco de orgulho e muito de dor.

Láuria ergue-se em dois corpos, como um coração partido que aprendeu a bater dividido: Superiore, onde moram as ruínas e os ecos — ali repousa o velho castelo normando de Ruggiero, altivo mesmo em ruínas, como um velho nobre que recusa a bengala — e Inferiore, onde pulsa o que resta da vida, entre igrejas barrocas, conventos silenciosos e a fumaça doce do pão saindo dos fornos.

Na parte alta, San Nicola di Bari guarda o tempo como um vigia. Ao lado, o campanário do século XV não se curva aos ventos, mas assovia com eles. Embaixo, San Giacomo Apostolo ergue-se com dignidade, ladeado pela praça de onde se avistam os montes e as nascentes — Fiumicello, Caffaro, Torbido — que sussurram, em dialeto líquido, segredos dos monges e dos mártires.

É preciso dizer, contudo, que Láuria não se deixa conhecer facilmente. Como certas mulheres da província ou certas cartas de amor esquecidas no fundo de uma gaveta, ela exige paciência. Seus segredos estão enterrados sob as muralhas, atrás das portas de pedra, no silêncio das igrejas abandonadas. É uma cidade que não se mostra — insinua-se. E quem passa por ela correndo, não vê nada. Mas quem caminha, quem escuta, quem se deixa ferir por sua lentidão, esse encontra um mundo.

Ali, nas sacadas de ferro rendado, pode-se ver ainda, em certas manhãs, velhas de luto rezando em sussurros, homens de chapéu murmurando nomes esquecidos, e crianças correndo como se o mundo ainda pudesse ser inventado. E quem olha mais fundo percebe que os olhos da cidade, embora cansados, ainda brilham — brilham com a memória de Roger de Lauria, almirante de reis, que ali nasceu e que o mar não esqueceu.

Assim é Láuria. Um burgo de pedras e lamentos, de muralhas que murmuram, de fontes que choram. Uma cidade onde tudo parece dizer: "Vês? Ainda estou aqui." E onde o tempo, esse velho senhor caprichoso, caminha de mãos dadas com a eternidade — e com a dor.

Entre os camponeses de Lauria, um homem de nome Giuseppe, viúvo de mãos calosas e olhar que já nascera triste, assistia à lenta agonia da sua aldeia como quem vela um doente sem remédio. Tinha dois filhos: Giacomo, de espaldas firmes e olhos escuros como noite sem estrela; e Raffaela, menina de quinze anos, que lia as cartas da mãe morta como se decifrasse o evangelho de uma terra prometida.

Giuseppe hesitou. Atravessar o oceano com dois filhos, sem língua, sem ouro, sem certeza — era loucura. Mas ficou-lhe a imagem de Raffaela com a barriga colada ao estômago e Giacomo vendendo a sela do avô por um pedaço de pão. Então cedeu. Venderam a casa e o que sobrou das as terras que não lhes tomaram, a última oliveira, recolheram as cartas da mãe, calçaram esperança e decidiram partir.

Numa outra casa no sopé pedregoso de Lauria, o silêncio não era ausência de voz — era presença de peso.

Angelo, sapateiro de ofício e estoico de natureza, assentava-se à porta ao entardecer com o couro entre os dedos, como se rezasse pelas mãos. Batia o martelo no solado como quem ritmava o coração da casa. Não falava muito. Talvez porque o tempo, para ele, fosse melhor medido pelo ranger dos couros secos que pelas palavras que, por ali, nunca bastavam.

Antônia, sua mulher, era de fala mansa com os vivos e íntima dos santos. Conversava com Santa Luzia sobre as dores nos olhos de Maria, pedia a Santo Antônio um marido para a filha — mesmo sabendo que ele não gostava de casos difíceis — e cochichava com São José, seu favorito, sobre os problemas do mundo e os caprichos dos filhos. Era mulher de fé simples e firme como o pão amanhecido da véspera. Na sua boca, o céu era logo ali, atrás da igreja, depois do forno.

Maria, a filha mais velha, costurava em silêncio, com dedos nervosos e olhares que fugiam. Tinha mais de trinta, coisa que já era uma vergonha velada, ainda que ninguém dissesse abertamente. Os vizinhos cochichavam: "Ficou pra tia". Ela fingia não ouvir, mas cada murmúrio era um prego em seu vestido de domingo. Tinha um sonho guardado — casar e ter filhos, não muitos, mas ao menos quatro —, mas a timidez lhe punha pedras nos sapatos e lhe roubava os passos. Não era feia, mas tampouco era "de encantar santo", como diziam na vila. Era como essas flores que só abrem quando ninguém olha.

Nicola, o do meio, era um homem de cálculo. Não sorria de graça nem dava passos em falso. Via o mundo como um tabuleiro de xadrez: regras, posições, movimentos frios. Achava que amor era invenção de padre para justificar casamento e que mulher boa era a que trazia dote e silêncio. Tinha ambição, e isso lhe doía — porque, ali, ambição era pecado. Não por Deus, mas pela fome. "Pátria era coisa de gente tola", dizia sempre que alguém puxava assunto sobre bandeira ou rei. Gostava de contar moedas. E contava até as palavras.

Já Giovanni, o mais velho, era outro tempo. Aprendeu o ofício com Angelo, mas pusera alma naquilo que o pai fazia por necessidade. Sabia conversar com o couro, sentia seus humores, moldava solados como se fizesse esculturas. Era bonito — não como os que sabiam disso, mas como quem carrega luz nos olhos e firmeza nos gestos. Era sensível, mas não fraco. Era tímido, mas não mudo. Tinha no peito uma inquietude que lhe empurrava o olhar para além das montanhas da Basilicata.

Certa noite, depois de um jantar de polenta magra e vinho ralo, Nicola largou o prato, limpou os dedos no avental da mãe — coisa que irritava Maria — e anunciou:

— A farinha está cara. A comuna já falou em vender mais terra. Isso aqui está afundando.

— Então aprenda a nadar — murmurou Giovanni, com um sorriso torto, sem levantar os olhos do sapato que remendava.

Antônia fez o sinal da cruz.

— Deus proverá — disse, olhando para o teto como se ele tivesse ouvidos.

Angelo não disse nada. Olhou para os filhos e, depois, para a porta. O silêncio dele era resposta.

Naquela noite, Maria sonhou que dançava com um homem de paletó branco num salão com lamparinas, mas ao acordar sentiu apenas a rigidez da cama e o frio do quarto.

E, enquanto Nicola pensava em contas, Giovanni olhava o céu.

Ele sabia, no fundo, que não cabia ali.

Na semana seguinte, correu a notícia de que um navio partiria de Nápoles. Um navio para o Brasil. Terra de calor e café. Terra onde as pessoas diziam que se podia recomeçar.

Giovanni não disse nada. Guardou a notícia no bolso e foi bater sola com o pai. Mas seus dedos estavam distraídos.

Angelo olhou, calado. Depois de um tempo, disse apenas:

— Couro ruim não segura costura. Homem sem rumo, também não.

Era seu modo de dizer "pense bem".

Giovanni não respondeu.

Mas naquela mesma tarde, sob a sombra da parreira no quintal, Maria o viu riscar no couro a palavra "passos". Não era nome de cliente. Era presságio.

E Antônia, em segredo, acendeu uma vela para São Cristóvão. Porque, no fundo, já sabia: seus filhos partiriam. E seu mundo não seria mais o mesmo.

CAPÍTULO 03

O Adeus às Montanhas

Lá, entre as colinas verdejantes da Basilicata, onde os sinos da matriz repicavam pontualmente às seis, estavam os irmãos Giovanni e Nicola. Filhos de Angelo, um sapateiro de mãos calejadas e espírito silencioso, e de Antônia, mulher de fé que conversava com os santos como se fossem vizinhos.

Não tiveram uma infância fácil.

Onde o sol parece mais severo e a terra, por vezes, nega ao homem até o consolo da esperança, desenrola-se o primeiro ato da existência de muitos filhos do Sul — esse Sul esquecido, encravado nas colinas pedregosas e nas aldeias de telhados ocres, onde o tempo anda devagar e os sinos das igrejas marcam, com toques sonolentos, a rotina de um povo resignado.

Ali, no correr do século XIX, a infância não era propriamente uma estação de encantos ou de sonhos; era antes um esboço prematuro da vida adulta, talhada com a mesma rudeza que o lavrador imprime à enxada. A criança, nesse cenário, não era um ser a ser poupado ou cultivado em ternuras, mas um pequeno braço a mais, um sopro de força a serviço da labuta cotidiana. Eram antes um "adulti in miniatura", e se tal expressão não constava nos dicionários, constava no olhar dos pais e no taciturno consentimento das autoridades.

As casas, quando não grutas cavadas na pedra como em Matera, eram construções humildes, mal caiadas, onde se amontoavam corpos e esperanças num espaço apertado. As famílias — quase sempre numerosas — viviam com o que podiam arrancar da terra ingrata ou das oficinas escuras onde o suor e o pó formavam uma pasta que grudava na pele e nos pulmões. A escassez era a regra, não a exceção. E, diante dela, o trabalho infantil não era vício social, mas necessidade imposta pelo ventre vazio.

Os meninos, de calças rotas e pés calejados, aprendiam desde cedo o manejo da foice, da enxada ou de serras, martelos, pregos e bigornas. As meninas, de vestidos surrados e cabelos presos com fita desbotada, seguiam a mãe entre os novelos de lã, as agulhas e os teares, ou então eram lançadas às lavouras, às vinhas e ao cuidado dos irmãos menores. As oficinas de sapateiros, os estábulos, as pequenas indústrias têxteis e até mesmo as minas acolhiam esses pequenos operários sem direito à queixa, pois não havia ainda uma lei ou um coração do Estado que os protegesse.

A escola, para muitos, era apenas um nome que se pronunciava de passagem. A maioria das crianças jamais cruzava seus umbrais, e quando o fazia, era apenas para repousar o corpo por poucas horas antes de voltar ao batente. A instrução mais refinada além da escrita era um luxo — reservado aos filhos dos grandes donos de terras, dos grandes comerciantes e dos funcionários da comuna. Nessas salas de aula, os livros tinham capas grossas e as carteiras, entalhes bem cuidados; já nas casas dos pobres, o único alfabeto conhecido era o de linhas mal traçadas, ou muitas vezes apenas das sementes lançadas à terra e das contas miúdas feitas de cabeça.

E, no entanto, mesmo nesse quadro sombrio, havia clarões de riso. As crianças, como por uma magia que nem a fome nem o cansaço apagam, encontravam tempo para brincar. Nas ruelas de pedra, entre os muros caiados de cal e os varais estendidos, jogavam com pedrinhas, corriam descalças, imitavam os gestos dos adultos e sonhavam — ainda que os sonhos fossem breves e sem cor definida. O tambor improvisado, o pião rudimentar, o boneco feito de trapo: tudo era brinquedo, e tudo servia à imaginação fértil dos pequenos.

A infância, naquela terra de oliveiras retorcidas e campos poeirentos, era uma travessia curta. Da epigênese da infância à foice nos ombros, o caminho era direto. Não se esperava que a criança sonhasse, mas que ajudasse. Não se via nela um espírito em formação, mas uma força útil — um dia de descanso a menos para os pais, uma migalha a mais sobre a mesa.

Contudo, nem todos compartilhavam da mesma sina. A desigualdade, velha senhora que se senta à mesa dos povos desde tempos imemoriais, mostrava ali sua face mais aguda. Os filhos dos ricos, que moravam em casarões de janelas amplas e jardins murados, aprendiam a ler em latim e francês, tocavam piano sob a vigilância de uma governanta vienense, e chamavam os filhos dos camponeses de "zoccoloni" com o desprezo aprendido desde o berço. Tinham infância, sim — com suas fitas de seda, seus retratos em sepia e seus diários de capa dura. Mas era uma infância de exceção.

Enquanto isso, nas franjas do mundo visível, seguia a procissão silenciosa dos outros — dos muitos. Com os pés na lama, as mãos na enxada e os olhos no amanhã que nunca vinha, os meninos e meninas do Sul italiano cresciam como crescem as plantas no canto sombrio do quintal: retorcidas, silenciosas e cheias de uma força triste que apenas a pobreza sabe forjar.

Era assim a infância naquele Sul de véus escuros e sol inclemente. Um tempo onde a doçura rareava, mas onde, ainda assim, germinava a humanidade — silenciosa, obstinada, dura como a pedra das montanhas, mas cheia de uma dignidade que resistia ao tempo, à fome e à indiferença do mundo.

Os irmãos cresceram entre o cheiro do couro curtido, rosários e a promessa de um mundo maior, ouvindo marteladas e ladainhas. Aprenderam a ler e escrever, a fazer contas simples, mas não mais que isso, pois para quem eram, isso bastava. Nicola, mais sensato, achava que a pátria era um lugar onde se pudesse comer três vezes ao dia. Decidiram partir para o Brasil — terra onde, diziam, não havia fome.

Ao redor deles, movendo-se como sombra de brisa, estava Maria, a irmã. Mais velha, mas nunca casada. Suas mãos viviam entre costuras e cruzes, o rosto baixo, a voz pouca. Tinha fé nos santos, mas pouca fé em si mesma. Guardava nos olhos um sonho nunca dito — e nas mãos, a rigidez das mulheres que esperaram demais.

A decisão de partir amadureceu como fruta fora de estação: silenciosa e inevitável. Não foi coragem, foi necessidade. O Brasil sussurrava promessas que pareciam impossíveis por aquelas bandas. Maria ficou à soleira. Segurava um terço com força demais e o olhar com força de menos. Quis dizer algo, mas calou. Era o que sempre fazia.

Abraçaram a mãe com o coração quebrado. Ela,

com o véu escuro e os olhos marejados, abençoou-os em nome de São Benedito. No porto de Nápoles, o navio apitou como quem chora. Partiram.

    E enquanto o mar se abria à frente, o passado ficava para trás, embalado por lembranças, cheiro de couro, pão seco e o silêncio daquelas montanhas que nunca souberam pedir nada, apenas esperar.

CAPÍTULO 04

O Mar que Leva e Toma

Era o ano de 1870. O céu sobre Láuria amanhecera encoberto, como se o próprio firmamento soubesse que cinco de seus filhos partiriam para nunca mais.

Partiram de Nápoles num fim de tarde cinzento. O céu, sem pressa, fechava-se como os olhos de Antônia ao abençoá-los. Giovanni ainda trazia o gosto salgado do último abraço da mãe e a imagem de Maria parada à soleira, segurando um terço como se ele pudesse impedir o mar de levá-los.

O navio era grande como promessa, mas por dentro cheirava a cativeiro. Chamava-se Santa Maria della Speranza — ironia que Giovanni logo notou, pois esperança havia pouca naquele porão de madeira suada.

Mais que um navio — era uma casa de exílios e esperanças flutuantes — que cortava as águas do Atlântico como um velho senhor de barbas ao vento, levando em seu bojo não apenas mercadorias e homens, mas também o desconcerto da travessia, o amargo da saudade e o fôlego inquieto do futuro.

Construído nas oficinas náuticas de um tempo ainda preso ao rumor das velas e ao juízo dos astros, ele ostentava três mastros altivos como colunas de um templo nômade, sustentando vastas velas alvas que se inflavam, orgulhosas, como o peito de um tenor em véspera de adágio.

Seu corpo, envolto em breu e salitre, desafiava o mar com a dignidade dos que já conhecem a dor, mas não se deixam afogar por ela. Era feito para durar, mas não para confortar.

O casco, feito em robusta madeira de sobreiro, mais parecia um santuário de resiliência. Cada tábua era afixada com a minúcia de um entalhador devoto, e sobrepostas em camadas que, como os segredos dos passageiros, se escondiam umas nas outras.

Não há embarcação sem madeira, assim como não há romance sem tragédia. E se é certo que o mar molda os homens, é certo também que as madeiras moldam os navios. Nas oficinas navais do Velho Mundo, aprendia-se desde cedo que a nobreza de uma nau não se media apenas por seus mastros ou sua quilha, mas pela madeira que lhe dava corpo, fôlego e espírito.

Entre as espécies que a natureza concedeu ao homem para enfrentar os caprichos do Atlântico, nenhuma era mais louvada do que o sobreiro — essa árvore de postura digna e casca espessa, que parecia, ela mesma, ter sido desenhada por Poseidon para enfrentar a umidade e o tempo.

Era ele quem recebia, com gravidade e firmeza, o encargo de sustentar a ossatura da nau, desde a quilha até os costados, do dorso à alma. Pois sua dureza era lendária; dizia-se que suportava a água como o velho marinheiro suporta o enjoo — com um silêncio de aço.

Sua resistência à umidade não era mera qualidade física, mas uma espécie de virtude moral da madeira. Sob seus veios cor de ferrugem vivida, a embarcação se formava como um ser animado, destinada não ao repouso, mas ao combate contínuo com as vagas e os ventos, ao abraço áspero do sal.

Além do sobreiro, outras madeiras mais modestas também achavam ali seu lugar, como quem aceita um papel secundário num drama de muitos atos. A balsa, por exemplo — leve, quase flutuante por si mesma — era empregada com parcimônia, nas partes altas, nas armações interiores que exigiam menos rigidez e mais maleabilidade. Seu uso não era fruto de imprudência, mas de astúcia: onde o peso seria fardo, entrava a leveza da balsa como um sopro de equilíbrio.

Já a teca — madeira nobre vinda de longes plagas tropicais, elogiada por poetas e engenheiros por sua beleza e resistência —, nas naus, especialmente aquelas construídas para as longas travessias entre a Itália e o Brasil, ela era hóspede rara. Não que lhe faltassem qualidades, mas seu custo, sua origem distante e sua densidade excessiva a tornavam menos conveniente do que o robusto sobreiro, disponível em florestas mais próximas e já consagrado pelo uso.

Outros tipos de madeira, cujo nome hoje escapa à memória comum, eram convocados segundo as exigências do ofício: uma para as cavernas do casco, outra para os mastros, outra para as vergas que sustentariam as velas enfunadas. Cada parte da nau tinha seu apetite específico, como um corpo que pede ossos rígidos, carne elástica e tendões flexíveis. A escolha da madeira era, pois, uma arte que exigia não só conhecimento, mas sensibilidade. O bom mestre carpinteiro era mais do que um técnico: era um intérprete da árvore.

E assim era o navio: não por encanto, mas por

escolha. O sobreiro, senhor da ossatura; a balsa, cortesã da leveza; e entre elas, outras espécies menores, compondo com discrição a harmonia do conjunto. Navegava-se, pois, sobre um corpo de madeira e suor — corpo este que, se falasse, teria histórias mais densas do que muitos dos passageiros que carregava.

Porque no fim, caro leitor, o navio não era apenas um meio de transporte. Era uma criatura viva, feita de árvores mortas que, em renúncia solene, davam ao homem a chance de cruzar oceanos. E entre todas as oferendas do reino vegetal, nenhuma foi mais fiel, mais dura, mais altiva do que o velho e nobre sobreiro.

Nos porões escuros, entre sacas de farinha, tonéis de azeite e barris de vinho barato, aglomeravam-se almas inquietas — italianos de fala carregada, trajes puídos e olhos fundos, que haviam deixado para trás os montes da Calábria, as pedras da Sicília ou os campos magros da Basilicata. Ali, entre feixes de corda e odor de umidade, dormiam amontoados, dividindo tábuas como leitos e o ar pesado como herança comum. A privacidade era uma ficção; o recato, um luxo desconhecido. Homens, mulheres e crianças — todos lançados ao mesmo espaço onde a carga e o corpo se confundiam.

Acima, nas coberturas, a tripulação também não vivia de delícias. Dormia-se como se podia, em beliches estreitos ou sobre mantas úmidas, entre o ranger constante da madeira e o estalar dos cabos nas vigas. O espaço era exíguo, o teto baixo, o odor acre de suor e sal impregnava o ambiente com a força de uma maldição secular. Ali, o alimento era racionado como quem distribui fé em dias de peste: biscoitos duros como pedra, carne salgada que mais parecia couro embebido em salmoura, e água — quando não azeda — escassa como notícia boa.

No coração da embarcação, erguia-se o salão de navegação — uma peça modesta, mas sagrada como sacristia. Era ali que o capitão, figura austera de olhar fixo e queixo de granito, traçava com dedos calosos as rotas sobre cartas marítimas manchadas pelo tempo e pelo suor. Com ele, oficiais e contramestres trocavam palavras secas, mediam a distância entre a esperança e o medo, e confiavam mais nas constelações que nos próprios instrumentos. O mar era uma entidade viva, e como tal devia ser persuadido, nunca enfrentado.

Nas proximidades, uma pequena cozinha — mais forno que templo — exalava vapores de caldos esparsos, quando havia, ou apenas o fedor insistente da gordura velha. O cozinheiro, figura pitoresca de lenço na cabeça e mãos eternamente queimadas, era temido e respeitado como se a sobrevivência dependesse de seu humor. E, em verdade, dependia. Ao lado, os depósitos de mantimentos e de água potável, guarnecidos com zelo e avareza, eram visitados com a reverência que se destina a um oráculo.

As intempéries não pediam licença. Ventos traiçoeiros açoitando o convés, ondas que vinham como muralhas líquidas a se despedaçarem sobre o casco, e chuvas frias como maldições do céu. Ninguém viajava impunemente.

Doenças eram frequentes — febres, disenterias, escorbuto — e não raro um lençol era estendido sobre um corpo inerte para, em seguida, lançá-lo ao mar com um murmúrio de orações e a indiferença forçada de quem precisa seguir.

A morte, ali, era apenas um nome a mais no livro

do comandante. E o livro, dizia-se, raramente fechava suas páginas em branco.

O navio — esse teatro de existências provisórias — não fora feito para o deleite, mas para a travessia. Era uma embarcação complexa, com seu emaranhado de mastros, vergas, cordames, e escotilhas, como se fora uma catedral gótica abandonada à mercê dos ventos. Cada peça tinha sua função, cada dobra sua razão de ser, e tudo trabalhava em uníssono, ainda que gemendo, rangendo, protestando contra o oceano que jamais se deixava domar.

E assim ia o navio, carregando o peso de corpos e esperanças, deslizando entre as vagas como um velho monge em procissão, curvado, mas firme, no caminho entre dois mundos: o velho, que se desfazia no horizonte, e o novo, que aguardava com promessas incertas e o mesmo sol abrasador. Navegava-se, pois, com a resignação dos que sabem que o destino não se escolhe — aceita-se.

A bordo, o mundo encolheu. Homens, mulheres e crianças empilhavam-se em beliches de tábuas ásperas, como se fossem mercadoria humana. Nicola, com seus modos contidos e austeros, escolheu um canto perto da parede do porão. Giovanni preferiu ficar próximo à escotilha, onde entrava algum ar — pouco, mas honesto.

Num dos beliches inferiores, deitados lado a lado sobre uma manta fina, estavam Giuseppe e seus dois filhos. O pai, homem de olhar cavado pela fome e pelo silêncio, permanecia com os dedos entrelaçados sobre o peito, como quem ainda rezava por dentro. Giacomo, moço de espaldas largas e juventude endurecida pela miséria, mantinha-se de pé, o queixo encostado no braço cruzado, vigiando o movimento do porão como se este fosse um campo de batalha. Raffaela, menina de tranças castanhos e olhos que pareciam guardar mais do que viam, escrevia em um pedaço de papel amarelado com um toco de carvão: "O mar não é azul. É o que sobra quando o céu chora."

O tempo perdeu o nome. Já não era segunda ou quinta-feira, era apenas "mais um dia no mar". A luz vinha de lampiões fracos e o ar carregava cheiro de vômito, mofo e pele. A comida era sempre a mesma: pão-duro como pedra de fundação, sopa de água e farinha, um naco de carne salgada que lembrava couro mal curtido. Nicola contava os dias, os minutos, os farelos. Giovanni contava os rostos — havia olhos que já desistiram antes mesmo de chegar.

Raffaela contava histórias. Contava ao ouvido de uma menina napolitana, de tranças ralas e olhos febris, que na terra para onde iam havia árvores que davam doces. A mãe da menina sorriu triste; sabia que não era verdade, mas preferia a mentira terna à verdade sem alento. Giacomo, sentado aos pés da irmã, não sorria: ele observava. Observava os homens que cochichavam sobre dívidas e os feirantes que haviam prometido ouro em troca de suor. Observava e calava — como quem já decidira que no Brasil não haveria de ser enganado.

À noite, quando o navio se entregava ao balanço das águas como uma criança febril, ouvia-se tosses, preces, choros. Houve febre numa menina de olhos claros. No terceiro dia, ela não acordou. O pai gritou contra Deus, a mãe calou contra o mundo. Enrolaram o corpo em um lençol branco — branco de sal e desespero — e lançaram ao mar. O som do corpo batendo na água foi pequeno, quase um sussurro, mas Giovanni nunca esqueceu.

Nicola não olhou. Apenas disse, entre dentes:

— Aqui, a vida vale menos que o pão.

Ao seu lado, Giuseppe apertou os olhos como se tentasse apagar a lembrança de sua esposa morta, enterrada com os pés descalços no frio de Lauria. Sussurrou um padre-nosso entre os dentes, mas parou na metade: esquecera as palavras.

O navio seguia como um bicho cego empurrado pelo vento. Às vezes parava por dias, sem vento, como se o próprio mundo tivesse desistido de girar. As velas pendiam, murchas, como esperanças secas. E nessas horas, a saudade surgia não como lembrança, mas como febre: o cheiro do pão da mãe, o som dos sinos da matriz, o rangido da porta da oficina do pai.

Giuseppe sonhava com a terra que deixara. Giacomo, com a terra que um dia haveria de conquistar. Raffaela não sonhava: ela escrevia — e o que escrevia era tão afiado quanto as facas dos açougueiros. Numa madrugada sem lua, escreveu na madeira suada do barco: "Os homens aqui se calam tanto que, quando falam, ferem."

Mas havia também pequenos milagres. Um menino desenhava na madeira com carvão, e a mãe passava os dedos pelas figuras como se tocassem relíquias. Um velho siciliano contava histórias de dragões do mar, e os mais jovens fingiam não acreditar.

Giovanni, certa vez, trocou sua última fatia de pão por um pedaço de couro — e costurou um sapato para uma senhora que chorava pelos calos. Ela lhe chamou de "angelo". Ele sorriu pela primeira vez desde que partiram.

Raffaela, que vira a cena de longe, escreveu: "Há

homens que costuram apenas sapatos. Há outros que põe tanto amor no que fazem, que costuram esperança."

Depois de quarenta e sete dias, viram terra. Primeiro um vulto. Depois, cheiro. O Brasil se aproximava com cheiro de mato quente e peixe fresco, um cheiro que doía de tão novo. No convés, muitos choraram. Nicola apenas cruzou os braços e disse:

— Que seja melhor que o que deixamos.

Giuseppe permaneceu em silêncio. Apertou os ombros dos filhos e beijou a testa de Raffaela como se ali selasse um pacto.

Giovanni não disse nada. Mas fechou os olhos como quem grava o momento a fogo.

CAPÍTULO 05

Cais e Caminhos

O Santa Maria della Speranza lançou âncora no porto do Rio de Janeiro. Chegaram ao Cais da Imperatriz sob um sol impiedoso e um cheiro agridoce de peixe, urina e café.

Era o Rio de Janeiro: sujo, barulhento, abafado, um caos de carruagens, gritos, vendilhões e becos sombrios. Mas, ao mesmo tempo, era belo — pulsante — com suas calçadas largas de pedra, sobrados altivos com sacadas de ferro batido e a impressão de que tudo ali escondia promessas.

Era o Rio de Janeiro, senhor. A corte tropical, onde o sol ardia sem cerimônia sobre as pedras da calçada, e onde o tempo se confundia entre o brilho do progresso e a lama dos cortiços. Cidade de contrastes, onde os bondes puxados por muares tilintavam com elegância francesa pelas avenidas da Glória e do Catete, enquanto nas ruas do Valongo a água escorria negra, misturada a restos de peixe, suor de estivador e lágrimas que ninguém notava.

No papel, capital do Império. Na carne, um organismo vivo e desordenado — crescia como crescem as febres, rápida, suada, e com olhos revirados de desejo. Era a cidade onde se decidia o destino da nação, entre cafés empoeirados da Rua do Ouvidor e salões perfumados do aristocrata do Jardim Botânico. Era o ponto de chegada de sonhos e o ponto de fuga de promessas não cumpridas. A cidade, como uma dama vaidosa que se apressa em parecer mais jovem do que é, tentava vestir-se à francesa. Os jornais, quando não falavam de política ou de escândalos da Corte, ensinavam como usar os penteados de Paris. A moda vinha em navios e revistas ilustradas. As senhoras imitavam as damas do boulevard, e os homens se diziam republicanos — ao menos nos jantares em que se servia vinho europeu.

Mas sob o véu das novidades, havia o cheiro velho da escravidão. Era 1870, e as ruas ainda viam negros de mãos calejadas puxando carroças, lavando escadas, sustentando famílias que se diziam piedosas. Ainda se vendia gente, embora mais em sussurros que em leilões. A liberdade era rumor — e o açoite, lembrança recente.

Entre os cortiços da Cidade Nova e os sobrados de Laranjeiras, nascia uma nova gente: operários, comerciantes, tipógrafos, costureiras, imigrantes de nome difícil e fé aflita. A cidade lhes prometia tudo e entregava quase nada — apenas a chance de existir. E, às vezes, isso bastava.

Os bondes puxados a burros que avançavam solenes como procissões mecânicas. Os bairros se multiplicavam com pressa: surgiam ruas sem calçamento, casas de madeira, trapiches, trapiches por toda parte. Os engenheiros riscavam o futuro com esquadros, mas era o povo que construía com os ossos.

Nas manhãs, algumas vezes o céu era de chumbo. À tarde, dourava-se como um quadro. À noite, misturava-se em fumaça, violão e política. Era um tempo de reformas, revoltas e rumores de república. No Largo do

Paço discutia-se a abolição como quem discute a véspera de uma tempestade. Nos cafés, poetas, jornalistas e bacharéis faziam da palavra sua espada, sua fuga, seu pão.

E, ao longe, no porto, os navios chegavam — exaustos de travessia — trazendo famílias que haviam deixado tudo do outro lado do mundo para tentar costurar um destino novo com mãos estrangeiras. Era ali, entre barris, tambores, sacos de café e berros de capataz, que os irmãos Giovanni e Nicola, ainda com o gosto de sal nos lábios e a alma em desalinho, pisaram o Brasil pela primeira vez.

Já Giuseppe, o viúvo de Lauria, caminhava com o passo tenso dos que não sabiam onde pousar a fé. Ao lado dele, Raffaela, de olhos vigilantes, segurava com força o caderno e o braço do pai. Giacomo, por sua vez, erguia o pescoço como um cão de caça farejando outra direção. Enquanto os outros apertavam as trouxas para seguir viagem, ele mirava os telhados, os sobrados, os pregões — e algo ali, naquele caldo quente de miséria e promessa, paradoxalmente contrastando com a riqueza de alguns sobrados de cantaria, altivos com sacadas de ferro batido em ruas de calçadas largas, o chamava. Não seguiria.

Chegaram à cidade como se chega a uma miragem: com sede, com espanto, com temor. Não sabiam que o Rio os engoliria aos poucos, com dentes de ouro e gengiva podre. Mas também não sabiam que, como muitos outros, deixariam ali suas pegadas — enterradas entre pedras e promessas.

O Rio de Janeiro era isso: uma cidade que não se explicava, mas que se sentia. Que suava, gritava, amava. Uma cidade que despedaçava e reconstruía homens, como quem molda barro com o sopro da história.

No cais ainda havia ainda inspeções, perguntas, filas. Mas os irmãos Giovanni e Nicola já não eram os mesmos. Tinham cruzado um purgatório de água e sal, e embora o futuro estivesse por ser costurado, o passado já fora sepultado no Atlântico.

Era 1870, ainda não havia hospedarias públicas ou instalações preparadas para receber imigrantes. Dormiram uma noite numa antiga cocheira adaptada, com outros tantos recém-chegados, sob o rumor distante da cidade que fervia. Giovanni e Nicola, olhos atentos e corpos moídos, aguardavam o destino que os esperava além da Baía da Guanabara.

Na manhã seguinte, reuniram-se em grupos. Agentes da Corte e intermediários da Zona da Mata chamavam nomes, profissões, destinos. Um homem de barba rala e colete puído distribuiu ordens: os que iriam para o interior, que se apresentassem. Haveria carroções para a viagem, e tempo de sobra para pensar durante o caminho.

Giacomo não se apresentou. Sentia que o interior do Brasil era uma repetição da lavoura da qual fugira. Preferiu a capital. Usou as poucas moedas que traziam escondidas na bainha da calça do pai e alugou um cômodo num casarão do Morro do Castelo, já então transformado em cortiço. As escadas eram úmidas, as paredes, descascadas — mas da janela via-se a Baía e os mastros dos navios, como cruzes fincadas no horizonte.

Por semanas, andou pelas ruas da cidade oferecendo braços: ajudante de armazém, carregador de caixas, moço de recados. Foi em frente ao número 70 da Rua do Ouvidor, ao lado da entrada de um prédio onde se lia "Jornal do Commercio", com uma placa onde dizia "precisa-se de homens para entrega de jornais", que encontrou a chance que marcaria sua jornada.

Para Giovanni e Nicola, que decidiram ir para o interior a jornada foi dura, longa — quase vinte dias de terra batida, barro, sol e frio. Passaram pelo Engenho Novo em direção a Jacarepaguá, subiram por Raiz da Serra, e tomaram o tortuoso caminho da Serra da Estrela, onde o carroção parecia ranger em prece, e os bois suspiravam como criaturas conscientes do fardo.

Petrópolis apareceu como um sonho úmido e europeu, cercada de neblina, jardins e sobrados silenciosos. Dormiram ali uma noite, numa estrebaria com chão de palha e paredes de pedra fria. Na manhã seguinte, continuaram por Pedro do Rio e Posse, atravessando pontes de madeira sobre riachos finos, com o barulho das rodas ecoando nos vales.

Em Sebastião de Áries, pararam dois dias. Nicola adoecera com febre baixa e Giovanni lavava o rosto com a água fria do Córrego da Posse, murmurando que o corpo precisava se acostumar a morrer um pouco para aprender a viver de novo.

Seguiram por Paraibuna, onde dormiram sob a varanda de uma venda, e Leopoldina, onde as colinas se abriam como braços acolhedores. Nicola começava a calar mais do que o costume, como se algo o chamasse naquela terra de verde vivo e cheiro de mato fresco.

Em Juiz de Fora, ouviram falar em trens, em jornais e em um certo progresso. Mas a estrada ainda era de pedra e poeira. Os pés doíam, o couro das botas esquentava ao sol, e o carroção parecia carregar, além de gente, as memórias do mundo inteiro.

Ao passarem por Simão Pereira, um emissário de

uma propriedade em Paraíba do Sul se aproximou dos viajantes. Precisavam de homens para serviços gerais e controle de lavoura, alguém que fosse de confiança. Nicola, com seu modo duro e postura ereta, chamou a atenção, foi chamado, ouviu, pensou, assentiu.

Ele foi aceito sem emoção. Ficaria ali. O verde lembrava-lhe a Basilicata, e os morros tinham algo de lar. Giovanni compreendeu.

Os dois irmãos se encararam longamente, se despediram como se fossem dormir em quartos diferentes.

— Escreve, se der — disse Nicola.

— Se der, escrevo — respondeu Giovanni, seu olhar dizia: "segue".

Não se abraçaram. Não era do costume. Mas os olhos disseram o que os corpos aprenderam a calar desde meninos.

Giovanni então continuou sozinho. Cruzou Palmira, de onde avistava os campos altos que precedem Barbacena, e sentiu no peito o peso do destino.

Na última parada, uma venda de beira de estrada, um homem moreno, de chapéu de feltro e botas de couro escuro, aproximou-se. Procurava alguém que soubesse lidar com couro, para trabalhar como seleiro em uma fazenda em Barbacena. Um homem de mãos firmes, que soubesse o valor do ofício. Giovanni não disse palavra. Apenas estendeu as mãos. Calosas. Hábeis. Fiéis.

Foi aceito com um aceno.

Chegou a Barbacena ao fim do dia, quando a luz do sol morria sobre os telhados de beiral e o frio começava a descer das montanhas como véu antigo. Não conhecia a terra, o povo, os costumes. Mas ao tocar o chão com os pés cansados, sentiu que ali recomeçaria.

E enquanto as sombras alongavam-se pelas ruas estreitas de pedra, Giovanni pensou no irmão, na viagem, no silêncio. O Brasil era terra de promessas, mas só os calos sabiam o preço de cada uma.

CAPÍTULO 06

O Couro e a Alma

Barbacena na crista das montanhas de Minas era um lugar onde o frio parecia mais antigo que o tempo. A Cidade de clima melancólico, onde os ventos andavam devagar como senhoras de mantilha negra, não nascera às pressas. Fora parida com cuidado, entre ladeiras e silêncios.

Suas casas, de janelas azuis e beirais calados, pareciam carregar nos ombros o peso dos séculos. As igrejas, erguidas como quem reza de pé, guardavam em suas torres a melodia das horas e a penumbra das confissões. Lá do alto, o sino de Nossa Senhora da Piedade, se não repicava em festa, ao menos chorava com elegância.

Foi ali, entre brumas e morros, que senhores do ouro, padres barrocos e soldados cruzaram seus caminhos. Barbacena — dizia-se — era encruzilhada de destinos: cidade passagem para uns, de penitência para outros, de repouso para poucos. Havia no ar um perfume antigo de goiabas maduras.

Nas manhãs de inverno, as ruas se vestiam de branco: era a névoa, senhora caprichosa que descia dos céus para tocar os telhados e os ombros dos passantes. Os sinos dobravam, os sinos chamavam, e o povo caminhava para a missa como quem se dirige a um velho juiz, com passos contidos e cabeça baixa.

Os homens falavam pouco. As mulheres, menos ainda. Mas havia nos olhos de todos um segredo, e nas mãos, uma história. Barbacena sabia. Sabia de revoltas abafadas, de cartas jamais enviadas, de beijos trocados no portão do colégio das freiras, sob o olhar vigilante de São José.

Ah, os colégios! Os padres ensinavam latim, moral e bons modos. As moças bordavam crucifixos e escondiam nos diários os primeiros versos de amor. E os meninos, que mais tarde seriam doutores ou deputados, aprendiam cedo que em Barbacena o tempo não perdoava — mas ensinava.

Nas feiras, falava-se de tudo: da chuva que não vinha, do filho que fora para o Rio, do governador que talvez aparecesse em agosto. Vendia-se queijo fresco, doces de figo e promessas que não se cumpriam. E entre um preço discutido e outro, sorria-se com amargura. Porque o mineiro, como se sabe, sorri mais com os olhos que com a boca.

Barbacena, naquele tempo, era um espelho fosco da própria nação: elegante e doente, silenciosa e atenta, bela e trágica. E quem ali nascia carregava no sangue a lembrança das montanhas e no peito a certeza de que não há lugar no mundo onde o frio abrace tanto quanto ali.

E talvez por isso, quem parte, nunca parte de todo. E quem fica, não o faz sem pesar.

Lá, Giovanni, após a longa viagem, pousou na Fazenda de Santana. Ali, entre pés de café e olhares vigilantes, encontrou trabalho. A baronesa era severa e altiva, mas precisava de quem soubesse trabalhar couro.

Giovanni, agora tratava selas, botas e arreios como quem reza.

Quem visse, de relance e sem disposição para escavar a crosta das aparências, alguma cidadezinha do interior de Minas Gerais na segunda metade do século XIX — dessas encravadas entre morros verdes e rios preguiçosos, com suas igrejinhas de torre única e ruas de pedra batida — poderia jurar que ali reinava a paz de uma sociedade ordenada, pacata e igualitária. Mas bastava dobrar a esquina da praça principal, espiar por trás das venezianas cerradas dos sobrados ou cruzar os portões das fazendas, para se revelar um mundo mais complexo, onde a elegância de poucos repousava sobre a fadiga de muitos.

Nas cidades mais desenvolvidas, o contraste era paisagem. Os salões da elite, enfeitados com espelhos dourados e poltronas de damasco, ecoavam os trinados da ópera italiana, enquanto nos fundos das casas os gritos abafados da senzala contavam outra história — mais bruta, mais escura. A aristocracia rural, formada por fazendeiros, mineradores enriquecidos e comerciantes de bom trato, desfilava seus modos franceses, com colarinhos engomados e perfumes importados, entre saraus e récitas no teatro local, fingindo não ver a fome que espreitava os becos dos bairros baixos.

A vida cotidiana era feita de extremos. De um lado, o culto às artes e à etiqueta; de outro, a lida diária pelo sustento, o corpo curvado sobre o pilão, a enxada, o tear. As cidades, embora interioranas, sonhavam com Paris — imitava-lhe os vestidos, os talheres, as polcas. As mulheres da burguesia, educadas em conventos, seguiam os figurinos das revistas estrangeiras com o fervor de uma devoção. Já o povo, e sobretudo os trabalhadores, vestia-se com o que havia: calças remendadas, camisas puídas, pés no chão e paciência nos ombros.

A igreja, sempre no alto do morro, era o centro da ordem moral e social. Ali se celebrava, se anunciava, se temia. As festas religiosas, com suas procissões lentas e seus andores floridos, eram os raros momentos de comunhão entre as classes, embora cada qual ocupasse o seu espaço — os ricos na frente, os pobres no fundo, os negros do lado de fora. Era nas missas dominicais que se trocavam notícias, se negociavam casamentos e se vigiava o comportamento alheio. O sino, mais que chamar para a oração, marcava o ritmo da vida.

Doenças, porém, ignoravam as hierarquias. A varíola, como espectro inapelável, visitava ricos e pobres, embora matasse mais entre os que não podiam pagar por médicos ou banhos. As cidades sem saneamento e com pouca água potável, viviam sob constante ameaça de epidemias — e bastava um surto para que a calma das vilas se transformasse em pânico.

Nas fazendas, o cenário era ainda mais áspero. A vida corria em regime de ferro, regulada pelos capatazes, sob os olhos atentos dos senhores. O trabalho escravo, ainda em vigor, movia as engrenagens do café.

As jornadas de trabalho eram de sol a sol, às vezes ultrapassando as dezesseis horas, entre a derrubada da mata, o plantio, a colheita e o beneficiamento do café. Mulheres e crianças também eram convocadas para a lida, suas mãos pequenas costurando o tempo em tarefas repetitivas e mal pagas. A moradia dos trabalhadores era feita de pau-a-pique, sem assoalho, sem ventilação, com telhado a vazar nas noites de chuva e camas feitas de esteira ou terra batida. As senzalas dos escravos, pior ainda.

A alimentação era pobre: feijão com farinha, mandioca, carne seca quando havia. As roupas, surradas, mal protegiam do frio das madrugadas. Era uma vida curta e doída, marcada por infecções, partos improvisados, cansaço crônico e resignação forçada. Os escravos, eram frequentemente vítimas de violência — física, moral e sexual. As mulheres negras, especialmente, eram duplamente exploradas: na lavoura e no quarto dos senhores. As vezes, os homens também.

E apesar da esperança acenada pela chegada de alguns imigrantes europeus, esses também logo descobriam que em Minas o destino era menos promissor que o prometido. Muitos estrangeiros acabavam endividados, isolados, explorados.

A hierarquia era o alicerce da ordem social. Os fazendeiros detinham o poder civil, e dele faziam uso como se lhes fosse de nascença: eram juízes, padres, vereadores e patrões. O povo — essa multidão sem sobrenome — era massa de manobra, força de trabalho e objeto de compaixão ocasional.

E assim se fazia a vida no interior de Minas. Entre missas e chicotadas, entre vestidos de seda e camisas em frangalhos, entre o teatro e o terreiro, a província brasileira vivia seu drama cotidiano. Uma comédia humana feita de silêncios, excessos, suor e sonhos adiados — enquanto o mundo, do lado de fora, ensaiava as primeiras notas da modernidade, que ali só chegariam com atraso, cansaço e espanto.

Nesse cenário, a fazenda de Santana espraiava-se

como um mundo próprio, feito de cercas retas, tulhas altas e cavalos inquietos. Barbacena, com seus ares frios e manhãs de neblina, parecia ter sido esculpida para manter os homens acordados cedo e a esperança comedida.

Giovanni foi instalado num quartinho ao lado da cocheira. Parecia pouco, mas para ele, habituado ao porão do navio, era quase um alívio. O patrão — ou melhor, a baronesa de Santana, viúva de um cafeicultor austero — era mulher de pulso discreto, voz baixa e olhos que analisavam antes de julgar. Ela era conhecida por sua elegância rígida, pelos vestidos negros e pela mão firme nos negócios.

Logo na primeira semana, Giovanni já tinha ganhado a fama de "artista do couro". Não fazia selas, fazia molduras para os corpos dos animais. Alisava os arreios como quem afaga uma criança. Conhecia os cavalos pelo nome, pelo olhar, pelo trote. Falava com eles, como se trocassem confidências. O alazão "Príncipe" só comia se Giovanni lhe servisse; a égua Graúna aceitava cabresto apenas de suas mãos.

Mas o carinho que Giovanni dispensava aos bichos ele também repartia com gente que, naquela terra, era tratada como coisa.

Fosse no fim da tarde, fosse nas manhãs frias, era comum vê-lo sentado perto do galpão dos escravos, dividindo farinha seca e histórias. Foi ali que fez três amigos que lhe seriam farol nos tempos futuros: Benguela, velho de pele escura como carvão, dentes de prata e sabedoria em forma de provérbio; Lázaro, jovem ágil, riso fácil, que dizia correr mais que a própria sombra; e Rosa, mulher firme de olhos límpidos, que tratava das lavagens e das feridas com igual delicadeza.

— Essi italiano tem alma boa — dizia Benguela..

Mas nem todos viam com bons olhos essa amizade. Na verdade, ninguém odiava tanto o jeito de Giovanni quanto o feitor da fazenda, um homem chamado Felício, homem de beiço rijo, olhar pontudo e voz que parecia sempre com raiva.

Felício era o tipo que coçava a língua antes de coçar a cabeça. Observava tudo, anotava tudo na alma para depois espalhar como veneno em taça de prata. Tinha por Giovanni uma mistura de inveja e ressentimento: inveja da bondade que atraía gente, ressentimento por não compreender como alguém podia viver sem querer subir na vida.

— Baronesa — dizia ele, fingindo respeito —, esse rapaz é dado com negro. Se mistura. Senta no chão com eles. Até costura chinelo pra mulato...

A baronesa escutava, sim. Mas não dizia nada de imediato. Felício não sabia — ou fingia não saber — que ela própria andava pensando no rapaz. Achava-o apresentável, limpo, com modos suaves que contrastavam com os brutamontes ao redor. Tinha pena dele. Um moço bonito, com mãos tão hábeis, alma tão gentil — e tão pouco futuro. Imigrante. Pobre. Submisso. Se ao menos tivesse um pouco mais de ambição, de firmeza, talvez...

Mas Giovanni não queria subir escadas sociais. Queria construir sapatos que durassem, cavalos que confiassem, amizades que não traíssem.

— Ele é calmo demais, esse moço — dizia a baronesa, certa noite, a uma prima em visita. — Não é homem de fazer fortuna. Mas tem um encanto triste nos olhos que... não sei.

Enquanto isso, Felício roía por dentro. Toda aproximação, todo sorriso, toda sela elogiada era um espinho novo. E por isso, tramava. Espalhava comentários, espreitava conversas. Mas o que não via — ou não sabia ver — é que a força de Giovanni não estava na voz, mas no gesto. E que os três amigos que fizera, Benguela, Lázaro e Rosa, seriam os únicos capazes de sustentá-lo quando a terra começasse a tremer.

CAPÍTULO 07

A Filha do Engenheiro

O primeiro olhar não foi fulminante — foi constrangido. Luiza, neta da baronesa, viera da capital para "descansar dos ares da Corte", como dizia a avó. Crescera entre livros, piano e silêncios. Trazia os cabelos presos com fita azul e um olhar que parecia viver entre dois tempos: o das convenções e o dos sonhos.

Se o Rio de Janeiro da segunda metade do século XIX era uma cidade de contrastes, havia nele, como num retrato pintado a óleo, a figura imponente, elegante e discretamente vigilante da fidalga. E, Luiza nascera para desempenhar esse papel social, não por gosto, mas por destino e herança. Dona de si e do nome que carregava, ela deslizava pelas salas decoradas com tapeçarias europeias, como se cada gesto seu fosse um compasso da ordem social vigente.

Fidalga não se nascia apenas; era-se criada para sê-lo. Desde o berço forrado em linho bordado pelas mãos da ama negra, passara por uma formação regrada, onde aprendera o francês antes mesmo de dominar o português, onde o piano era menos um instrumento do que um pedestal social. Tivera aulas de pintura, bordado, dicção, história sagrada e — sobretudo — de comportamento. A voz deveria ser doce, o olhar, firme, mas jamais confrontador. A postura, essa sim, era a coluna vertebral da fidalguia e teve que ser muito bem trabalhada.

Na Corte, vivia em um casarão de sobrado, onde o mármore frio das escadas contrastava com o calor dos longos vestidos de tafetá, e os criados — todos discretos e solícitos — eram eles que cuidavam das tarefas visíveis e invisíveis, permitindo que ela dedicasse suas energias ao teatro social do convívio urbano.

Sua vida era marcada por um cronometro invisível, que regulava com pontualidade as horas das visitas, das leituras, das cartas manuscritas com pena e tinta azul, das refeições em louça inglesa e dos eventos sociais que faziam do nome da família uma moeda de prestígio. Os bailes, as recepções, os concertos, os saraus — eram todos capítulos de um mesmo romance de conveniências e alianças veladas, onde cada sorriso seu teria que ser calculado e cada silêncio, seria uma arma.

Vestia-se como quem escreve um tratado: os tecidos vinham de Paris, os sapatos da Bahia, as joias de Portugal, herança da avó materna. A moda francesa era não apenas imitada, mas estudada. O penteado, a flor no decote, o tom do leque, tudo obedecia ao ditame de uma etiqueta invisível e implacável, como as regras de um baile que não admitia passo em falso.

De quando em quando, viajava. Passeios de barco na baía, visitas a Petrópolis ou a propriedade da família no interior, a Fazenda de Santana; e, por duas vezes passou uma temporada na Europa, uma em Lisboa e outra em Paris, de onde voltou com novos vestidos e porcelanas.

Apesar das rendas e das aparências, a vida da

fidalga era também uma prisão bordada. Deve ser prometida por seu pai em um acordo, onde ele avaliará e decidirá o melhor partido. Quando casada, o marido — sempre senhor da fortuna e da palavra pública — deverá ser o guardião de sua reputação.

A ela caberá manter o lar em perfeito equilíbrio: educar os filhos, gerir os criados, receber as visitas, zelar pelo nome e pela casa. Suas opiniões, deverão sempre vir travestidas de sugestões ou de gestos delicados, nunca dadas diretamente; o mundo exterior lhe será permitido, mas apenas na companhia de seu marido, de outra senhora ou de uma criada fiel.

Ainda assim, restará a ela um poder silencioso, porém eficaz. Esse, será expresso na forma como manejará os assuntos do lar, como instruirá os filhos nos preceitos da fé e da conveniência, como controlará, com um aceno ou um franzir de sobrancelhas, o andamento de um jantar ou a conveniência de um matrimônio de seus futuros filhos. Será rainha no interior do seu reino doméstico, embora que este, sua prisão de paredes douradas.

A caridade — outro de seus papéis oficiais — deverá ser exercida com um misto de piedade e cálculo. E o que fará será cuidadosamente divulgado nos círculos sociais, como forma de manter não apenas a alma limpa, mas também o seu nome preservado. Afinal, ajudar os pobres será também um modo de mostrar-se digna da posição que o nascimento e o futuro matrimônio lhe concederão.

A fidalguia cobrava um preço alto: era preciso renunciar ao escândalo, ao desejo, à opinião. Era preciso manter-se sempre intocada, impecável, mesmo quando a alma ardia de tédio ou de mágoa. A fidalga, muitas vezes, envelhecia antes do tempo, presa ao papel que lhe era atribuído, como atriz obrigada a repetir a mesma peça noite após noite.

E ainda assim, permanecer: firme, altiva, graciosa, soberana em seu pequeno império de espelhos e porcelanas, moldando os modos de uma cidade que se pretendia civilizada, europeia, elegante — enquanto, do lado de fora de seus salões, o povo marchava com pés descalços e olhos famintos rumo a um outro século.

A fidalga era, pois, o reflexo mais polido e contraditório de um Brasil que amava a pompa e temia a mudança, que cultivava as formas e abafava os sentimentos. E assim, entre jantares formais, orações contidas e risos velados, ela fazia o tempo passar — e construía, com gestos mínimos, a crônica silenciosa da sociedade que lhe dera o nome e a missão de ser invisivelmente poderosa.

Giovanni a viu pela primeira vez quando levava Graúna ao bebedouro. Ela, sentada sob a sombra de um ipê-amarelo, lia com o cenho franzido. Ele se abaixou para pegar uma tira de couro caída. Ela levantou os olhos. E então aconteceu aquilo que ninguém viu, mas que os dois sentiram: um tropeço da alma.

Não trocaram palavra naquele dia. Mas Rosa percebeu.

— Hum. Issu vai dá chamegu — disse ela, sorrindo com os olhos, enquanto costurava uma saia com linha grossa.

Benguela resmungou, sem erguer o rosto:

— Moça branca rica e homi pobristrangero? Isso dá é inrosco dus brabu.. É pé di ventu, cova di tatu!

Lázaro riu.

— Masquela oiô, oiô!

Nos dias seguintes, Giovanni tentava evitar cruzar com Luiza. Mas a fazenda, grande como era, não impedia encontros inevitáveis: na horta, na beira do curral, no caminho de pedras entre a casa-grande e as cocheiras.

Ela fazia perguntas curtas, curiosas.

— É italiano?

— De que parte vem?

— Foi difícil a travessia?

Ele respondia com vergonha e poucas palavras. Mas era no olhar que morava o que nenhum dos dois sabia dizer.

A baronesa, claro, percebeu. Nada lhe escapava. Viu a neta corar ao ver o seleiro. Viu o seleiro desviar os olhos, como quem teme pecado que ainda não cometeu. Chamou Felício.

— Está na hora de mandar o rapaz para trabalhar na colheita, não? Longe da casa.

Felício lambeu os beiços, feliz com a oportunidade.

— Faço isso amanhã mesmo.

Mas Giovanni não foi. Benguela, com seu jeito de saber o mundo, interceptou a ordem antes que virasse açoite.

— Elé bom di sela, Sinhá. Ninhum otro sabe lida cuns cavalo da casa qui nem eli.

— É verdadi, Sinhá — completou Rosa. — Sinhozin que tentou pô bridão négua quasi qui perdeu u dedu.

A baronesa suspirou. Não era burra. Sabia que havia mais do que sela bem-feita. Mas também sabia que o desejo, mesmo disfarçado, era mais teimoso que mula de engenho.

E assim o tempo caminhava em passos tortos. Felício rangia os dentes. Rosa sussurrava recados. Benguela abençoava com silêncio. Lázaro inventava desculpas para levar Giovanni à casa-grande. E Luiza, cada vez mais, esperava os domingos — quando o seleiro passava perto da varanda com o chapéu na mão.

E Giovanni, que nunca soube dizer muito, começou a escrever. Letras tortas num papel escondido dentro do forro do travesseiro. Palavras que falavam de amor, mas não usavam esse nome. Chamavam de "vontade de ficar perto" ou "vento que mexe por dentro".

O romance ainda não era romance. Era só possibilidade. Mas já morava em cinco corações: um de imigrante, três de escravos, e um de moça branca que nunca soubera o que era liberdade — até sentir o peito apertar quando via um homem pobre sorrir para um cavalo.

CAPÍTULO 08

Um Homem que não Olha para Trás

Enquanto isso. Nicola chegara a Paraíba do Sul com um único plano: estabilidade. Nada de sonhos, nada de paixões. Trazia na mala uma muda de roupa, um caderno de anotações e uma ideia clara do que desejava da vida: um teto seguro, uma mulher sensata e lucro constante. Amor era distração. Bondade, desperdício. Olhar para trás, fraqueza.

Na Fazenda São Joaquim, foi recebido com desconfiança: jovem demais, estrangeiro, sotaque carregado. Mas bastaram três colheitas para os números se organizarem como soldados sob seu comando. Com ele, nada se perdia. A contabilidade deixou de ser uma bagunça de papel amarelado e virou livro bem encadernado. As arrobas aumentaram, os desvios cessaram, e até o patrão, um velho barão resmungão, passou a respeitá-lo com grunhidos de aprovação.

Nicola não falava com os escravizados mais do que o necessário. Não era cruel — era funcional. Se o escravo estivesse doente, buscava substituto. Se fugisse, registrava. Se morresse, dava baixa. Era um homem que fazia o café render, e isso bastava.

Nas horas de folga — poucas, mas regimentadas — iniciou um pequeno comércio: comprava leite cru dos sitiantes vizinhos, fervia, coava, e produzia manteiga à moda de sua terra, com a velha técnica da Basilicata adaptada ao calor do Vale do Paraíba. No começo, vendia para conhecidos. Depois, para fregueses do armazém. A gordura firme, o sabor limpo. Chamou a atenção.

Foi numa dessas entregas que conheceu Tereza. Moça decidida, de olhos miúdos e voz firme, filha de italianos bem-sucedidos de Juiz de Fora, era o oposto de Maria sua irmã — não temia os olhares alheios, sabia o valor do sobrenome e fazia questão de lembrar dele. O pai possuía terras e uma pequena firma de transporte de cargas. Tereza estudara, sabia ler e escrever e já rejeitara dois pretendentes — coisa que, aos olhos da cidade, era quase insolência.

Ela não se apaixonou por Nicola. Achou-o útil, limpo, prático. Ele tampouco a desejou como os homens desejam. Mas viu nela um caminho: um dote, um sobrenome respeitado, e um futuro viável. Casaram-se em missa discreta, sem véu de emoção, mas com aliança de ouro bem pesado.

Com o dote, e os lucros crescentes da manteiga, mudou-se para Juiz de Fora. Comprou um pequeno terreno nos arredores e iniciou ali sua fábrica rudimentar de laticínios, que depois se tornaria seu império modesto e crescente. Chamou de "Pastor", nome que achava respeitável e comercial.

Quando Nicola observou pela primeira vez as encostas suaves e os vales úmidos do Vale do Paraíba e da Zona da Mata Mineira, sentiu em silêncio que aquelas terras, tão distantes da sua Basilicata natal, guardavam algo de familiar. Havia nelas a umidade fecunda, o cheiro forte de curral e o rumor manso dos rebanhos ao amanhecer. Reconheceu nos rostos dos camponeses uma mesma resignação trabalhadora, e nas práticas do campo uma continuidade de saberes, ainda que adaptados ao Novo Mundo.

Na Basilicata, sua gente há muito dominava a arte ancestral dos laticínios — não apenas como ofício, mas como cultura viva. Os queijos, sobretudo o Pecorino di Filiano, feito do leite forte e salgado das ovelhas, ou os queijos de cabra curados ao vento dos Apeninos Meridionais, eram o orgulho da terra árida que deixara para trás. Aqui, no Brasil, o leite vinha de vacas, mais volumoso, mais brando, mas ainda assim digno de ser transformado com saber e paciência.

Foi com essa compreensão — e uma fé obstinada no trabalho — que decidiu lançar as bases de um novo empreendimento. Percebeu que a aptidão leiteira persistia entre muitas famílias da região, herdeiros silenciosos de tradições adaptadas. E se ali havia pasto, mão de obra e vocação, faltava apenas quem conduzisse a ideia adiante. Assim nasceu, ainda que entre incertezas e dificuldades, o embrião de sua indústria de laticínios.

Começou modesto, quase solitário, produzindo manteiga a partir do leite colhido nos arredores. Sabia, no íntimo, que talvez não vivesse o bastante para ver sua obra concluída, mas o gesto de começar — esse sim — era a vitória dos que ousam plantar sob o risco da estiagem.

As primeiras remessas não passavam de oitenta litros por dia. O leite era trazido por vizinhos em carroças rangentes, ainda úmidas de orvalho, os latões de metal reluzindo ao sol nascente. A pequena indústria — que mais se parecia com um galpão improvisado — já no primeiro mês alcançava os duzentos litros diários e abrigava uma dezena de operários, homens e mulheres de mãos calejadas, mas olhos acesos de esperança.

Com o tempo, e com o nome que começava a circular entre fregueses e comerciantes, a manteiga deu lugar também aos queijos. Eram moldados com o leite das vacas brasileiras, sim — mas curados, salgados, fermentados e moldados segundo os métodos rigorosos de sua terra natal. E neles se misturava, invisível, o sabor da saudade.

O êxito crescente acendeu entre os produtores locais uma nova crença. O que antes era visto como simples subsistência passou a ser enxergado como atividade promissora. Em poucos meses, somavam-se aos antigos colaboradores mais de cento e cinquenta fornecedores, pequenos proprietários que viam no leite uma riqueza possível.

O volume de produção crescia em ritmo firme, e com ele a necessidade de organização. Veio, então, a implantação de um sistema pioneiro de coleta, no qual carroças, nem sempre pontuais — passavam de fazenda em fazenda recolhendo os latões cheios, marcados com o nome e o suor de quem os produzia. E assim, no compasso das ordenhas e dos rodados, foi-se tecendo uma rede de trabalho e confiança que unia campo e cidade, tradição e futuro.

Nicola agora se vestia de linho, usava relógio e carregava bengala — não por necessidade, mas por estética. Escrevia cartas ao irmão Giovanni com parcimônia. Nas cartas, falava de trabalho, negócios, progresso. Jamais de saudade. Giovanni, quando lia, via números nas entrelinhas. Nunca palavras de irmão.

Nicola prosperava. Sem nunca olhar para trás. Sem jamais sentir culpa.

CAPÍTULO 09

No Morro do Castelo

Enquanto isso, na capital do Império, a família de Giuseppe se acomodava, como podia, ao Novo Mundo. O casarão em ruínas, transformado em cortiço, onde se instalaram no Morro do Castelo, tinha dois andares, onze famílias e nenhum segredo. Cravado na encosta, parecia, de longe, um nobre solar esquecido — janelas altas, balcão corrido, grades de ferro retorcido. Mas bastava transpor a porta de madeira carcomida para que se revelasse o que de fato era: um ventre úmido e coletivo, onde fermentavam vidas amontoadas e destinos cruzados.

Naquela época, no coração febril do Rio de Janeiro oitocentista, entre as ladeiras íngremes que se derramavam em direção à baía e os casarões de fachada aristocrática que ostentavam, sob varandas de ferro rendado, a compostura dos senhores do Império, havia também outra cidade. Uma cidade de dentro da cidade. Feita de corredores úmidos, paredes de cal descascada, telhas tortas e pátios mal iluminados, essa cidade paralela se chamava cortiço — e era, como bem se poderia dizer, o espelho torto de um Brasil real, embora ignorado.

Não era raro que tais habitações se encravassem nos terrenos altos como o do Morro do Castelo e nos baixos e encharcados, ocultos por trás de armazéns, igrejas ou palacetes, como segredos que a cidade bem-nascida fazia questão de esconder sob o tapete da arquitetura oficial. Ocupavam quarteirões inteiros da Freguesia de Sant'Anna e do velho centro colonial — um labirinto de becos, fundos e repartições onde a vida fervia entre a miséria e o milagre. A entrada era, na maior parte das vezes, um portão de madeira carcomida ou um vão estreito entre dois muros, por onde se passava encurvado, como quem pede licença ao abandono.

Dentro, abria-se o cortiço típico, feito de uma fileira de casinhas mínimas — cubículos de um ou dois cômodos — dispostas em torno de um pátio central, onde crianças brincavam descalças sobre a terra batida, galinhas ciscavam junto aos trapos lavados, e varais estendidos desenhavam como bandeiras a geometria da sobrevivência. Um corredor longo e estreito, escuro mesmo ao meio-dia, servia de espinha dorsal àquela pequena colmeia de existências comprimidas. As portas eram tão próximas que a conversa de uma família invadia, sem cerimônia, o silêncio da vizinha — e o silêncio, quando existia, era sempre sinal de doença ou tragédia.

O povo dali era de muitas cores, falas e memórias. Negros alforriados, que ali buscavam o primeiro teto sem ferros nem senhores; imigrantes italianos, portugueses, espanhóis, que encontravam nas paredes mofadas do cortiço o primeiro abrigo do Novo Mundo; vendedores ambulantes, lavadeiras, operários de fábrica, quitandeiras, engraxates, todos espremidos entre os limites da necessidade e da dignidade. Era um mundo de cheiros misturados — sabão grosso, angu requentado, café ralo, suor, querosene — que se impregnava nas roupas e nos sonhos.

A higiene era uma ilusão e a água limpa, um bem

disputado. As privadas, coletivas e precárias, vertiam seus resíduos em fossas mal seladas, e as doenças, como o tifo, a varíola e a febre amarela, faziam ronda regular pelas portas, ceifando vidas com a impessoalidade de um cobrador de dívidas. A umidade, eterna e imperturbável, transformava o chão em lama no verão e em crosta de frio nos meses invernosos. Não havia ali privacidade, mas havia vida, em sua forma mais crua e resistente.

Ainda assim, apesar da insalubridade, o cortiço era também reduto de solidariedade. Ali se partilhavam panelas, lágrimas e conselhos. Formavam-se redes de apoio invisíveis, tecidas nas noites em que faltava comida ou quando uma criança ardia em febre. A dor era dividida como o pão, e a esperança circulava de boca em boca, entre histórias de um futuro melhor e promessas vindas de longe — ou de Deus.

Entre os muitos cortiços que pontilhavam o centro, o Cabeça de Porco era o mais famoso — ou o mais infame, conforme quem contasse. Situado na Freguesia de Sant'Anna, aquele colosso de barracões e divisórias abrigava mais de uma centena de moradias, sendo uma cidade dentro da cidade. Ali, a precariedade atingia o seu ápice e a convivência humana, seu limite. Ainda assim, o Cabeça de Porco era lar.

O cortiço, afinal, era mais do que habitação: era palco de uma cidade invisível, espelho de um país onde a desigualdade fazia morada. Era, ao mesmo tempo, ruína e abrigo, miséria e comunidade, dor e festa. Era o Brasil de dentro, vestido em trapos, mas com os olhos voltados para a luz.

Nessa cidade de contrastes, o que restou para a família de Giuseppe foi o Morro do Castelo. Diziam que aquele sobrado onde moravam com mais 11 famílias, fora, outrora, residência de um conselheiro de um vice-rei no Brasil colonial. Mas o tempo, voraz, não perdoa vernizes. O que antes fora aposento senhorial, agora se repartia em cômodos estreitos por paredes precárias e divisórias frágeis, de madeira carunchada e pano puído. O teto confessava seus pecados em goteiras persistentes; os degraus da escada rangiam histórias abafadas. Havia cheiro de mofo, de gente, de gordura velha — e de esperança recente.

Na parte térrea, morava dona Balbina, lavadeira de ofício, que batia roupa em tinas de madeira enegrecidas pelo limo e vendia balas de coco nas portas da Igreja de São Sebastião, nos dias de missa. Seu marido, Pedro — mulato forro, estivador no Cais do Valongo e no Trapiche da Pedra do Sal — era homem de corpo largo, mãos rijas e alma rachada.

Soprava-se nos becos que Pedro era filho bastardo de um barão com uma escrava da casa. Alforriado mais por vergonha do pai que por qualquer impulso de clemência, crescera entre os fundos da senzala e os silêncios abafados do porão da casa-grande. A infância fora feita de meia-palavra e de meia-carícia. Jamais soubera, ao certo, se era servo ou sombra. Aprendera cedo que quem nasce entre muros nunca chega a conhecer janelas.

Nos dias de pagamento, Pedro dedilhava o cavaquinho e embriagava-se como quem busca afogar a própria origem. Traía Balbina com prostitutas do Beco das Santas Almas, batia nela ao voltar embriagado e tomava-lhe os trocados que ela escondia entre as saias. A cada sábado, o cortiço inteiro ouvia o drama: os gritos, os golpes, os prantos abafados — e, depois, o silêncio. Aquele silêncio pesado de quem engole a vergonha e, mesmo assim, lava a vida no tanque.

No andar de cima moravam os Fagundes — portugueses recém-chegados — e também dona Eleutéria, negra liberta, curandeira, ex-escrava, que benzia com folhas de arruda e olhares demorados.

— O que essa menina escreve tanto? — indagou Eleutéria certa manhã, enquanto defumava o cômodo com fumaça espessa de alecrim.

— São só palavras, senhora — respondeu Raffaela, escondendo o caderno no avental.

— Palavra é faca, se bem usada — retrucou a curandeira, antes de desaparecer na névoa perfumada.

Raffaela escrevia com um lápis que Giacomo lhe conseguira da redação do jornal. Escrevia tudo: o que via, o que ouvia, o que intuía. Chamava o caderno de "livro da vida". Sua caligrafia era firme; seu silêncio, uma couraça.

À noite, a família italiana escutava os gritos de Balbina, abafados pelos estalos da cinta de Pedro e pelos soluços ritmados como missa profana. Giuseppe suspirava com os olhos colados ao teto. Giacomo cerrava os punhos. Raffaela chorava calada.

E no caderno escreveu:

"A dor tem endereço. Mora embaixo do nosso quarto."

Giacomo, depois de dias batendo perna pela Rua Direita, Largo do Paço e adjacências, conseguira um emprego como entregador no Jornal do Commercio, na célebre Rua do Ouvidor — via das letras, dos botões reluzentes de diretores e redatores, dos cochichos dos tipógrafos, dos passos ágeis dos vendedores. Chegava cedo, com o boné de pano, calças arregaçadas e o rosto ainda com o cheiro do sabão barato. Recebia os maços nos fundos do prédio, onde os empregados partilhavam cigarros de palha e pedaços de pão com a resignação de quem pouco espera da sorte.

— Italiano? — perguntou um mulato de dentes largos, que atendia por Zeca.

— Basilicata — respondeu Giacomo, num português ainda preso ao sotaque.

— Hum... Mais um pra carregar as notícias do mundo nas costas.

Zeca tornou-se um dos poucos amigos de Giacomo. Era ajudante de tipógrafo, lia os jornais nas pausas e fazia perguntas que ninguém ousava. Tinha o riso largo e os olhos profundos, desses que só os filhos da opressão compreendem.

Giacomo subia as ladeiras da Glória, entregava exemplares a advogados no Catete, largava jornais no balcão de uma alfaiataria na Rua do Antônio Nabo, nas mãos trêmulas de um escrivão da Travessa do Comércio. Certa feita, viu um senhor branco aplicar pomada nos pés enquanto ordenava à criada que recolhesse o jornal. Noutra, foi recebido por uma senhora, em sobrado de gente graúda, com um olhar de nojo — como se o rapaz trouxesse peste, e não manchetes.

Por vezes, lia os jornais. Aprendia português nos títulos: "A Questão da Escravidão", "Reformas no Gabinete Imperial", "Nova Lei de Terras". Mas o que mais o feria eram os anúncios. Pequenos, objetivos — punhais impressos.

"Vende-se crioulo robusto, 25 anos, bom para serviços gerais. Rua dos Ourives, n. 18."

"Procura-se mucama, até 18 anos, sem vícios. Paga-se razoavelmente de acordo."

"Aluga-se escrava leiteira, saudável, boa com crianças. Carta na tipografia."

Giacomo lia e o estômago revirava. Voltava ao cortiço e lia esses trechos para Raffaela, que, com a mão trêmula, os copiava no caderno:

"Aqui se vende gente como se vende farinha. E o que não se vende, aluga-se."

Numa manhã de domingo, o diretor do jornal passou por ele sem vê-lo. Giacomo era invisível. Mas, naquele mesmo dia, um tipógrafo velho lhe entregou um jornal e um conselho:

— Aprende a falar e ler o português, rapaz. Quem se comunica, não se perde. Nem se vende.

Os dias se sucediam. Giuseppe fazia biscates por alguns trocados. Já não era jovem; era estrangeiro, lavrador sem outro ofício definido. Ninguém queria empregá-lo. A dor no joelho piorava. Falava pouco — e quando falava, era da Itália: as uvas, o queijo de cabra, o sino da matriz, os olhos da mulher que perdera para a febre.

À noite, o casarão respirava junto. Um gemido aqui, uma gargalhada ali, e o arranhar constante do lápis de Raffaela no papel. E ela anotava:

"O cortiço é como o mar: mistura tudo. Mas cada onda traz uma história."

O Morro do Castelo, naquele tempo, ainda se erguia

inteiro. Tinha a igreja, os restos da fortaleza, os mirantes voltados para a baía. Mas já se cochichava sobre reformas, avenidas, demolições. Alguém, certa vez, disse que o morro seria destruído.

— Um dia vão cavar o morro como se cavam as covas dos pobres — comentou Pedro, já meio torto de cachaça, entre um trago e um acorde de cavaquinho.

Mas naquela década ninguém imaginava quão instável era aquele chão — que viria abaixo só mais tarde, no século seguinte.

Giacomo, por fim, tornara-se figura conhecida entre mascates e moços de escritório. Era "o rapaz do jornal", aquele que entregava sem erro, que aprendia palavras novas com a fome de um náufrago. Na redação, um velho repórter se divertia com ele. Nem sempre Giacomo entendia, mas ria assim mesmo.

Raffaela via o irmão crescer sem perceber e registrava tudo. Giuseppe, com os olhos fundidos ao silêncio, notava o mundo mudar — sem conseguir acompanhá-lo.

Era 1871. E o Brasil, suspenso entre escravidão e progresso, sonhava uma modernidade que ainda se anunciava nas páginas dos jornais — mas que mal roçava os degraus mofados do cortiço. Cairia, contudo, sobre a cidade inteira com mão de ferro na futura República. Entretanto, já naquele tempo, havia quem dissesse que o Morro do Castelo sufocava a cidade.

E Raffaela escreveu:

"As cidades tentam vomitar os pobres antes mesmo de sentirem fome. Mas nós aprendemos a conviver com a fome e com a cidade."

CAPÍTULO 10

Onde Moram as Coisas Proibidas

A Fazenda de Santana, em sua opulência e desmedido silêncio, estendia-se por trezentos e cinquenta alqueires de terra fértil, mais oito alqueires de pasto valado que, como um apêndice verdejante, lhe eram anexos, completando-lhe a vastidão. Era, por assim dizer, um pequeno reino rural, isolado na paisagem ondulante do interior, onde o tempo se detinha, embalado pelo ritmo lento dos animais pastando e pelo ranger das rodas de carros de boi.

No coração desse domínio, erguia-se a casa de vivenda, um sobrado de linhas severas e fachada imponente, cuja varanda se abria para um terreiro largo, de onde se avistavam os telhados vermelhos do paiol, do moinho e do engenho. Tudo era coberto por telhas coloniais que o sol tingia de ferrugem ao fim das tardes. O paiol guardava, em sua penumbra morna, sacas de milho e feijão; o moinho, de aroma constante a grão esmagado, cantava baixo ao sabor da água; e o engenho, fatigado pelos séculos, ainda exalava cheiro de garapa e suor antigo.

Corria ao fundo da casa grande um alinhamento triste de senzalas, de paredes de taipa e barro, cuja organização rígida contrastava com o rumor abafado da vida ali dentro: gemidos, cantigas, sussurros de mães, olhos infantis tateando a escuridão. Era um corpo de cativeiro vivo, onde duzentos e trinta e cinco negros serviam à lavoura e à vontade do senhor, maioria roceira, mãos calejadas de arrancar o dia da terra. Dentre eles, contavam-se cento e vinte e dois homens de pele escura e ombros dobrados; cinquenta mulheres, muitas já sem lágrimas; e sessenta e três crianças, essas sim, com olhos de espanto e pés descalços a correr pelos quintais da senzala, sem saber de liberdade senão por sonhos.

A alma da fazenda, contudo, batia em verde-escuro: quinhentos mil pés de café desenhavam-se ao longe como um exército em formação, linha sobre linha, colina após colina, sob o sol escaldante ou a garoa fina dos meses de junho. Em torno dessas fileiras, erguiam-se ainda cinco pomares generosos, onde cresciam com parcimônia as frutas da estação — laranjas, goiabas, marmelos —, e em pequenas faixas de terra se cultivavam milho, arroz e feijão, não por lucro, mas por necessidade e sustento da casa.

Assim era Santana: uma vastidão de terra e poder, onde tudo — da sombra do sobrado ao último grão colhido — transpirava hierarquia. E nesse mundo imóvel, cercado por canaviais ordinários e sonhos adormecidos, o tempo desfiava-se em lentidão. Ali, o passado permanecia inteiro. E o futuro, se ousava espreitar, o fazia com olhos baixos e pés de chumbo.

E lá, o tempo andava de mansinho, mas o amor, quando resolve brotar, não pede licença nem consulta almanaque.

Luiza vinha todos os dias à cocheira. Dizia que gostava de cavalos. E gostava mesmo, mas agora gostava mais do homem que os tratava como irmãos.

Levava frutas, inventava perguntas, fingia sustos com as histórias de Rosa.

Benguela sorria com a língua presa entre os dentes:

— Isso vai dá rolu. Vai sim.

Giovanni, por sua vez, lutava com a alma. Não era ingênuo. Sabia da distância que o mundo impunha entre ele e Luiza. Mas também sabia reconhecer nos olhos dela algo que nunca vira nos olhos de ninguém: liberdade com medo.

Certa tarde, quando a chuva desabou antes da hora e molhou o pátio de terra vermelha, os dois se abrigaram juntos no rancho dos arreios. Estavam tão perto que podiam ouvir a respiração um do outro. Ela falou primeiro:

— Sabe que eu nunca vi a Itália?

Ele sorriu.

— E iu nunca vi una ragazza di città ridiri di cori.

Ela riu.

— Pois agora viu.

E nesse instante, o mundo pareceu suspenso. Um beijo? Não. Um silêncio. Mais íntimo que toque.

Mas Felício vira. E Felício levava e trazia.

Naquela noite, contou tudo à baronesa, acrescentando flores de veneno que só ele sabia plantar.

— Vi com meus próprios olhos. Juntos. No escuro. No estábulo. A sinhazinha e o imigrante. Já não há mais vergonha?

A baronesa nada disse de imediato. Mas dormiu pouco naquela noite. E ao acordar, mandou chamar Luiza.

O que foi dito entre avó e neta ficou entre as paredes do quarto grande, mas na manhã seguinte, Luiza não apareceu na cocheira.

Giovanni esperou. Por dias. Rosa trouxe a notícia com olhos baixos:

— A sinhazinha tá proibida de anda prus ladu das baia.

Ele não respondeu. Voltou ao couro, mas as mãos estavam trêmulas.

Benguela olhou, acendeu o cachimbo, e disse apenas:

— Vai due ainda. Mas nois vai junto.

E com isso, o amor, agora em silêncio, começou a tomar forma de luta.

CAPÍTULO 11

Quando o Céu Fecha os Olhos

Na manhã em que a baronesa de Santana não desceu para o desjejum, os sinos da fazenda pareceram tocar mais lentos. Encontraram-na ainda no leito, o rosto sereno, os dedos entrelaçados como quem dormia rezando. Morreu sem escândalo, como viveu: em silêncio de autoridade.

A notícia espalhou-se como poeira em redemoinho. As sinhás recolheram-se em preto. Os escravos suspenderam os cânticos noturnos. Até Felício, com sua língua de serpente, fez cara de luto — embora no fundo esperasse que, sem a velha, o mundo ficasse mais ao seu gosto.

A morte, quando visita a casa-grande, não vem só com o silêncio; traz também o murmúrio da vizinhança, o ranger dos bancos da igreja, o aroma espesso do incenso e a rigidez das hierarquias. Foi assim na Fazenda de Santana, naquele dia morno em que a Baronesa, enfim se recolheu aos braços da terra.

Luiza, calou-se por um dia inteiro. Só à noite foi ao quarto da avó, tocou a colcha de renda e chorou sem fazer barulho.

A casa-grande, sempre imponente, abria-se em luto: as janelas cerradas com panos negros, as cortinas recolhidas, e os criados, como sombras discretas, cruzando os corredores com passadas leves, como quem teme despertar os mortos antes da hora.

No salão reservado, onde outrora se dançavam valsas e se tomavam licores importados de Lisboa, jazia agora o corpo da Baronesa de Santana, cercado por velas altas e lírios tão brancos quanto os trajes das criadas que, entre lágrimas e cânticos, revezavam-se em preces e ladainhas. O esquife era de cedro escuro, com ferragens douradas — discreta ostentação da nobreza que não se despe nem no além.

As senhoras da vizinhança chegaram em carruagens fechadas, veladas por rendas e véus, perfumadas com essência de lavanda e vestidas como mandava o manual do luto. Sentaram-se em roda, de leques fechados, cochichando lembranças em voz miúda: a festa de batizado de Luiza, o baile oferecido ao Bispo, os tempos em que a Baronesa comandava a fazenda com mão de ferro, sem jamais perder o rosário de vista.

À frente do esquife, o padre entoava responsos entre incensações e murmúrios em latim. E, com voz embargada e olhos cerrados, falou das virtudes da Baronesa — "modelo de esposa, mãe zelosa, cristã abnegada, benfeitora dos pobres e piedosa senhora de escravos." Aquelas palavras, solenes como epitáfios, reverberaram entre os arcos da sala, e ninguém ousou contestá-las.

Na varanda, os escravizados reuniam-se, formando uma procissão muda de corpos curvados, mãos entrelaçadas e olhares fincados no chão de pedra. As mulheres, com saias alvas e turbantes de rendas pobres, cantavam entre prantos uma cantiga dolente, em iorubá entremeado de latim, pedindo à Mãe das Águas e à

Virgem Maria que guiassem a alma da sinhá por entre os caminhos do céu.

Crianças carregavam imagens de Nossa Senhora da Conceição e São Miguel Arcanjo, segurando velas acesas com dedos trêmulos.

As preces misturavam-se aos batuques discretos que escapavam da senzala, abafados pelo temor, mas persistentes como a fé dos que nunca foram convidados ao altar.

Era, afinal, um velório como mandava a ordem do mundo: com o corpo no centro e os mundos todos girando ao redor — o da casa-grande, da igreja e da senzala, cada qual com sua linguagem, sua dor e sua conveniência.

No fim da tarde, o ar cheirava a vela derretida, a flor murcha e a suor de luto.

Da fazenda, o cortejo partiu devagar, com a carruagem mortuária abrindo caminho por entre palmas e lágrimas fingidas ou sinceras. Seguiam-na Luiza, os criados entre eles Giovanni e Felício, os padres, os senhores vizinhos e, em última fila, os negros da fazenda, calados, cientes de que a morte da Baronesa era também o prenúncio de dias incertos.

Na terra vermelha do cemitério, entre cruzes tortas e anjos de pedra sabão, o esquife foi depositado. O padre lançou água benta, as senhoras jogaram flores e os negros atiraram punhados de areia com dedos demorados, como se selassem um pacto antigo — de dor, de silêncio e de sobrevivência.

Assim se foi a Baronesa de Santana, não apenas enterrada, mas entronizada na memória de uma época que se recusava a morrer com ela. E a fazenda, ao cair da noite, respirava mais devagar, como quem teme que os mortos, se chamados pelo nome, atendam.

Vinte dias depois, ele chegou.

Mariano, o filho da baronesa, soubera da morte da mãe por um emissário e viera da Corte o mais rápido possível.

Alto, compenetrado, com barba bem aparada e modos firmes. Usava fraque, bengala de jacarandá e trazia nos olhos o pragmatismo de quem trata terras como negócios, e famílias como heranças.

Engenheiro e homem de mundo, defensor do progresso e da ordem, era respeitado no Império — não por ternura, mas por eficiência.

E na manhã seguinte, convocou os administradores.

— A fazenda será vendida. Tenho compromissos no Rio. Minha filha voltará comigo.

Simples assim.

Felício deu um sorriso de canto de boca. Luiza, de véu, nada respondeu. Giovanni, ao saber, apenas olhou para o horizonte.

Naquela madrugada Luiza bateu à porta da cocheira. Vinha com os olhos cheios de água, o cabelo solto e o peito feito brasa. Disse pouco:

— Não posso ir embora sem saber.

E Giovanni entendeu.

Na penumbra quente do rancho, o mundo desabou em silêncio. Mãos que antes só costuravam couro agora deslizavam por curvas de saudade. Ela tremia. Ele também. Não foi pecado — foi desespero e desejo, ternura e fogo. E ali, entre o cheiro de cavalos e o som da chuva, o inevitável se cumpriu.

As semanas corriam enquanto o Pai de Luiza ajeitava os negócios relacionados a venda da fazenda. Os amantes se encontravam no mesmo local, sempre que podiam. Até Luiza perceber que sua menstruação parou, e começar a sentir enjoos. Rosa percebeu. Giovanni, calado, contava os dias. Felício, que farejava escândalos como cão de caça, ouviu rumores.

— Grávida. A sinhazinha. Do seleiro. — E levou a notícia como se entregasse coroa de espinhos.

Mariano, ao receber o boato, não falou de imediato. Apenas apertou os dedos sobre a bengala. Chamou a filha. Ela confessou. Ele, sem gritar, apenas disse:

— Ele sumirá. E você virá comigo.

Sem o pai saber Luiza, pede a Rosa que avise Giovanni.

— Sinhazinha disse qui pai dela vai te mata, vosmicês precisa fugi.

Com a ajuda dos escravos Luiza deixa a casa grande durante a madrugada e vai ao encontro de Giovanni.

Benguela os esconde por duas noites em um velho paiol de milho abandonado. Rosa levou mantimentos, Lázaro preparou os cavalos. À terceira madrugada, saíram pelos fundos, pela trilha do córrego seco. Levaram quase nada: uma muda de roupa, um punhado de moedas e um ventre já batendo como tambor pequeno.

Mariano, tão logo soube da fuga, não perdeu tempo. Seu orgulho de senhor de terras — e de vontades

— não admitia ser desafiado por ninguém, muito menos por um criado estrangeiro, além de estar se sentindo profundamente decepcionado por Luiza. Com o cenho fechado e os lábios trincados de fúria, mandou chamar o Capitão Batalha, autoridade policial respeitada na região, homem de vastos bigodes, passado obscuro e reputação de quem sabia farejar fugitivos como um cão de caça.

Batalha era homem viajado, conhecedor dos meandros da província, dos atalhos pelos matos e das rotas por onde corriam bois e boatos. Em pouco mais de uma semana, já estava na Fazenda Santana, acompanhado de três soldados e de um guia. Armados de ordens e certezas, vasculharam a redondeza, reviraram trilhas e interrogavam cada tropeiro como se da resposta dependesse o destino do Império. Mas já era tarde.

Giovanni e Luiza, protegidos pelo tempo e pela solidariedade dos invisíveis, haviam partido como quem desaparece.

Felício, o feitor, acompanhou as buscas com o zelo de um sabujo. Durante duas semanas, seguiu Batalha de perto, farejando rastros que não existiam, espiando morros e grotas, cruzando riachos e espiando currais. Mas nenhum vestígio concreto foi encontrado. Batalha anotara tudo num pequeno caderno de couro, com caligrafia cuidadosa e lacônica:

"Homem. Italiano. Estatura mediana. Corpo robusto. Olhos claros. Cabelos castanhos. Muito calado. Sotaque carregado. Fugitivo há três dias. Acompanhado por mulher branca, jovem, educada, bem-vestida e de bons modos."

Mariano, determinado a recuperar o que

considerava seu por direito — a submissão de sua filha, e a humilhação que Giovanni representava —, passou a publicar anúncios nos jornais da região. Durante seis semanas consecutivas, as gazetas de Juiz de Fora, Ouro Preto, Barbacena e até da Corte estampavam a descrição do casal, prometendo recompensa. Nada.

Os caminhos possíveis eram inúmeros: poderiam ter seguido rumo a Juiz de Fora, talvez tomado a direção de Pomba, ou atravessado as serras em direção a Barbacena, Palmira, São João del-Rei, ou ainda buscado o anonimato na imensidão do Rio de Janeiro ou nos cortiços de São Paulo. Tempo decorrido e estradas tantas — era como procurar uma agulha num palheiro.

Na fazenda, todos os cativos foram interrogados. Um a um. Olhos baixos, mãos entrelaçadas, rostos em silêncio. Nenhum deles parecia suspeito. Nem Benguela, o velho; nem Rosa, de andar firme e olhar reto; tampouco Lázaro. Afinal, Giovanni era querido. Sabia ouvir, sabia rir, não era daqueles que pisavam com arrogância. Tinha, com cada um deles, uma palavra, um respeito.

E por isso mesmo, aqueles poucos que sabiam calaram. Calaram com a força dos que têm pouco, mas não abrem mão da dignidade. Mesmo sob os maus-tratos, mesmo com a comida racionada, mesmo com os açoites impostos por mera desconfiança. Mariano, ainda que não tivesse provas, mandou castigar os que julgava mais próximos do fugitivo. Mas não podia exagerar. Não havia flagrante, não havia denúncia, apenas a desconfiança — cega — de que alguém poderia tê-los ajudado.

Mesmo assim, muitos sofreram. Apanharam, dormiram sem alimento, foram mantidos em solitárias e obrigados a trabalhar dobrado sob sol de rachar pedra.

Mas ninguém falou. Nada foi dito. Nenhuma pista foi entregue.

O Barão Mariano, embora prestigiado junto aos círculos do Império, não era querido pelos de baixo. Inspirava respeito e medo — mas nunca lealdade. A população mais pobre o temia, sim, mas não a ponto de entregar um casal cuja única culpa era amar-se com liberdade. E mais: Giovanni, ainda que recém-chegado, já havia conquistado a simpatia de muitos. Com seu modo calado, suas mãos honestas e seu olhar estrangeiro, inspirava mais humanidade do que muitos nascidos ali. E Luiza, moça de fibra, não era menos admirada. O povo — esse povo sem nome e sem lugar nos registros — encobriu a fuga. Houve quem desse pão e quem abrisse a porta de um rancho por uma noite.

E assim, protegidos pela névoa da estrada e pelo silêncio solidário dos humildes, Giovanni e Luiza seguiram. Sumiram no mapa da província, mas não no coração dos que testemunharam, em segredo, o florescer de um amor mais forte do que as convenções.

Mariano, havia ordenado buscas e feito o que podia. Mas o tempo passou. E com o tempo, até o escândalo murcha.

Giovanni e Luiza, por sua vez, cruzaram a fronteira entre pecado e esperança com a força dos que já perderam tudo — menos um ao outro.

Mar de Espanha era o destino. Cidade de trilhos, mato e promessa. Lá, pensavam, poderiam se misturar entre os homens simples, começar com pouco e viver com tudo.

Na fazenda, Felício, cuspiu no chão.

— Eu avisei. Sempre avisei.

CAPÍTULO 12

Letras e Silêncios

O sol da manhã filtrava-se por entre os vãos do cortiço como se hesitasse em tocar as paredes suadas de tempo e miséria. Giacomo, agora habituado ao vai e vem das ruas, já não se assustava com os cochichos dos becos nem com os estalidos das carroças nas pedras da cidade. E ao lado dele, quando estava na sede do jornal, feito sombra fiel e alma generosa, estava Zeca — mulato de feições bem traçadas, olhar inteligente e sorriso franco.

Zeca tinha o porte altivo de quem conhece seu valor, mas andava como quem não desejava ofuscar ninguém. Os cabelos, espessos e escuros, eram mantidos rente ao couro cabeludo; a pele, de tom âmbar tostado, reluzia sob a luz como bronze novo. Seus olhos, grandes, vivos e perscrutadores, contrastavam com a doçura da voz. E, combinavam perfeitamente com seu sorriso largo, emoldurado por um maxilar de contornos bem definidos. Era belo de um jeito raro: não pelo que mostrava, mas pelo que deixava transparecer. Quando ria — e ria com facilidade — os dentes brancos riscavam o rosto como relâmpagos de alegria.

Filho de Maria, mulher mulata forra de mãos firmes e ternura antiga, e de Antônio, português de Viana do Castelo, que aportara no Rio em 1840 com nada além de coragem e calos, Zeca crescera entre sacas de feijão, barris de milho e a algazarra viva da Praça Onze. Seu pai, homem de fala pausada e gestos comedidos, abrira uma mercearia que o povo batizou de Armazém do seu Antônio, bem defronte ao chafariz neoclássico que, desde 1842, adornava o centro da praça — como um sinal de promessa e progresso.

A Praça Onze, então, fervia em diversidade. Era reduto de negros forros, imigrantes judeus, portugueses, italianos, espanhóis, todos costurados por alguma forma de luta e esperança. Nas noites, ouvia-se o som dos atabaques misturado ao idioma enrolado dos mascates; de dia, eram vozes, sinos, pregões, e o cheiro entrelaçado de especiarias e suor.

Diferente de Manoel e Fernanda, seus irmãos — que ajudavam os pais na lida do armazém — Zeca se enamorara pelas letras. Desde pequeno encantara-se pelas palavras como quem descobre um mapa. Seu pai, apesar da alma prática de comerciante, notara a vocação do filho e, com algum sacrifício, arcou com sua instrução primária. Era raro, para um rapaz como ele. E mais raro ainda ver, entre as gentes do ofício, um tipógrafo mulato com letra bonita e gramática em ordem.

Na redação do Jornal do Commercio, Zeca era respeitado. Comportava-se com seriedade e educação. Trabalhava como tipógrafo com afinco, sem se deixar corromper pela maledicência dos cantos ou pela preguiça dos maus profissionais. Quando Giacomo chegou, ainda perdido no idioma e nos gestos, Zeca o acolheu.

— Tua sorte é que o mundo também se escreve — dissera-lhe, certa tarde. — Quem aprende a ler, aprende a sair do escuro.

Enquanto isso, no cortiço, o destino mudava de tom. Balbina, mulher de mãos rachadas e alma vencida, chegara ao limite. Naquela tarde abafada, deu a Pedro um café forte misturado a um pozinho que ela escondera por semanas sob as telhas. Ele bebeu, sorriu torto e, pouco depois, tombou. Ninguém chorou. A vizinhança ficou suspensa entre o alívio e a culpa.

— Morreu de quê? — perguntou dona Eleutéria, olhos semicerrados.

— Morreu de tanto bater — respondeu um moço novo, morador do último quarto.

A polícia veio, levou o corpo, levou Balbina. De forma rápida e fria. No cortiço, a comoção foi sussurrada: a família Fagundes benzeu o rosário, a mulher do marceneiro chorou baixinho, Giuseppe balançou a cabeça em silêncio. Giacomo permaneceu calado. Raffaela, olhos marejados, apenas anotou:

"Às vezes, a justiça é feita por mãos que só aprenderam a sofrer."

Raffaela crescia. Os traços agora mais firmes e definidos moldavam uma beleza singular — cabelos castanhos espessos, sobrancelhas arqueadas como traços de pena, olhos grandes e com a íris de uma cor que lembrava avelãs e que pareciam sondar a alma de quem ousava encará-los. Tinha a boca bem desenhada com lábios carnudos, o queixo altivo coroado por um furinho, a tez cor de âmbar claro, que se acentuava sob o sol, com um quê de dourado, típica da herança moura presente na genética de algumas mulheres do sul da Itália, mas que se manifesta no fenótipo de apenas algumas privilegiadas. Seu porte era de uma mulher que aprende a se fazer notar pelo silêncio.

Antes, escrevia timidamente. Agora, com os

jornais que Giacomo lhe trazia e as leituras, passava o português a limpo, palavra por palavra. Seu "livro da vida" tornara-se um diário. Misturava os relatos das vizinhanças com reflexões próprias, frases sonhadas e angústias veladas.

"No jornal vejo o mundo. No diário, me vejo nele."

Numa manhã de sábado, Zeca surpreendeu Giacomo com um convite:

— Amanhã tem almoço lá em casa. Dona Maria faz o melhor cozido da Praça. Leva teu pai e tua irmã. Vão gostar.

Giacomo levou a convite a sua família. Giuseppe resmungou, mas aceitou. Raffaela sorriu, leve.

O almoço na casa de Zeca foi simples e farto. Maria os recebeu com um avental florido e olhos generosos. Antônio, o pai, saudou Giuseppe com um aperto de mão firme e olhar respeitoso.

— Italiano? Bem-vindo, homem. Aqui já misturamos de tudo. E com respeito.

Fernanda, moça de olhos vivos e fala desembaraçada, servia à mesa com graça. Manoel, mais taciturno, assentia com a cabeça a cada cumprimento.

Durante a refeição, Zeca mantinha os olhos em Raffaela, mesmerizado, como quem descobre uma melodia antiga numa língua nova. Ela, por sua vez, ruborizava sob o olhar, mas não desviava.

Depois do café, passearam pelo entorno da praça. Raffaela notava os detalhes: o chafariz, os bancos, os pregões. E, sob a sombra de uma amendoeira, Zeca lhe disse, em voz quase tímida:

— Escreve muito?

— Escrevo o que consigo entender. E o que ainda não entendo.

— Então escreve sobre mim um dia — disse ele, sorrindo.

— Talvez já esteja escrito.

Os olhos se encontraram, demorados. Não havia pressa. O amor, naquele tempo, surgia primeiro pelos gestos.

À noite, de volta ao cortiço, Giuseppe suspirou:

— Foi bom. Ainda há gente boa neste mundo de coisas partidas.

Giacomo, deitado em seu catre, sussurrou ao teto:

— Zeca é mais que amigo, pai. Ele é palavra boa no meio do silêncio.

E Raffaela, deitada, escreveu:

"Hoje conheci um homem que sabe sorrir com os olhos. E pela primeira vez, desejei que o amanhã demorasse a chegar."

CAPÍTULO 13

Onde as Ruas não Tem Nomes

Enquanto isso, Giovanni e Luiza chegam em Mar de Espanha, e a cidade os acolheu como se sempre os esperasse.

Encravada entre os vales mornos e ondulados da Zona da Mata Mineira, a vila de nome sonoro e sugestivo — Mar de Espanha — aos ouvidos menos atentos, poderia evocar brisa atlântica e marulhar de ondas, mas que, na verdade, repousava no coração da Zona da Mata Mineira, rodeada não por águas salgadas, mas por cafezais espessos e morros de barro vermelho, onde o silêncio da terra contrastava com o rumor de uma vila em crescimento. Estávamos nos alvores da segunda metade do século XIX, e aquela pequena localidade, franzina em proporções, começava a ensaiar passos de um futuro que parecia promissor.

O café, senhor absoluto da terra, reinava soberano sobre os campos e consciências. As plantações, que se estendiam como mantos verdes sobre as encostas, eram cultivadas com zelo e suor — este último, extraído dos corpos escuros e silenciosos dos escravizados, cuja presença moldava não apenas a economia, mas a própria moralidade daquele tempo. Os barões da terra, altivos e afeitos ao latim das leis e ao francês das modas, erguiam suas casas-grandes em pontos estratégicos, de onde podiam contemplar, com ar satisfeito, as fileiras ordenadas de cafeeiros, como se fossem tropas de uma infantaria vegetal em marcha para o ouro preto da colheita.

 A vila, como criança que crescia, exibia já sinais de urbanidade. Em 1859, contavam-se cento e sete prédios registrados — um número que, à época, soava imponente. As ruas de chão batido serpenteavam entre casarões de alvenaria rústica, armazéns de mantimentos, boticas de vidros azuis e igrejas que mais pareciam tronos de pedra para santos barrocos. Havia, nas janelas, cortinas bordadas à mão, e nos quintais, galinhas, roupas ao sol e vozes femininas entoando cantigas mansas. A vila respirava um ar de labor, mas também de ambição.

 E foi no mesmo ano de 1859 que Mar de Espanha, deixando para trás o modesto título de freguesia, foi enfim alçada à categoria de município — honra que lhe conferiu novo prestígio e responsabilidades. A elevação à vila-mãe era mais do que um decreto administrativo; era a coroação de um processo gradual, mas determinado, de crescimento e afirmação no cenário da Zona da Mata. Com isso, consolidava-se como centro não apenas agrícola, mas político e comercial, servindo de ponto de apoio para viajantes, tropeiros, negociantes e padres missionários que por ali cruzavam em suas jornadas de fé ou de lucro.

 A elite local, consciente de seu papel, movia-se entre a manutenção do poder e a pose de civilidade. Investia em solares com varanda e telhado em telha-vã, frequentava as missas com terno escuro e livro de latim, e escrevia cartas em papel timbrado para parentes no Rio de Janeiro, narrando os feitos do progresso. Mas havia, por trás das cortinas bordadas e dos pátios empedrados, um silêncio que não se ignorava: o silêncio dos negros escravizados, que sustentavam com o peso dos corpos o esplendor de uma vila em ascensão.

Para Giovanni e Luiza a cidade, pequena e morna, tinha cheiro de lenha e esperança. Ali, onde o café era contado em arrobas e a honra em sussurros, eles chegaram pela manhã, descendo da carroça como quem pisa em terra prometida. Na igreja da cidade formalizaram sua união, mas casaram-se com os olhos antes que com os papéis. Giovanni virou João. O nome novo não era mentira — era um abrigo.

Montou uma oficina simples, onde o couro dividia espaço com um crucifixo torto, uma mesa, caixa de ferramentas e um banco de madeira de lei. Fazia sapatos como quem reza. Não costurava apenas o couro: costurava dignidade nos pés de quem andava pela cidade. Os sapatos de João não pisavam — dançavam. Nos pés dos meninos ricos e das moças que os usavam no dia do noivado.

Luiza escondeu o sobrenome e a origem. Passou a ser apenas Luiza, mulher honesta, de feições calmas e olhos fundos de passado não contado. Cuidava da casa e do marido como quem guarda relíquia. Do ventre dela nasceu José, o primeiro, cabeludo e chorão, que veio com a chuva de novembro e ficou. Depois viriam mais sete: Alfredo, Leopoldina, Guilhermina, Militina, Maria, Elisa e Américo, o caçula. Cada filho era uma tentativa de eternizar aquele amor que precisou fugir para sobreviver. Eram oito bocas e uma esperança dividida em partes iguais. Mas havia paz. Havia pão. E havia risos — mesmo que raros.

Enquanto isso, na cidade vizinha de Juiz de Fora, Nicola prosperava como um homem de fôlego longo. Seu nome já era conhecido nos salões da prefeitura e nas colunas dos almanaques comerciais. Comprava leite das fazendas, produzia manteiga com selo próprio, vendia para hotéis, confeitarias e botequins.

Se me fosse dado descrever com exatidão aquele tempo de promessas, eu começaria por dizer que Juiz de Fora, naquela época, não era ainda a cidade que hoje se conhece, mas tampouco se resumia a um vilarejo qualquer. Era um organismo em gestação acelerada, uma vila de alma inquieta e vocação urbana, mergulhada no barro fértil da Zona da Mata Mineira, a escorrer seu destino pelas ladeiras que levavam, invariavelmente, ao Rio de Janeiro.

Tudo ali palpitava ao ritmo do café, esse ouro escuro de aroma penetrante, cujo grão miúdo carregava nas costas o fardo de impérios e a fortuna dos senhores. As terras vermelhas da região, talhadas em curvas e cercadas por matas que pareciam abençoar o chão, davam à lavoura o vigor que os barões da agricultura tanto ansiavam. E era pelo café que Juiz de Fora pulsava, escoando a produção pelos caminhos de tropa, carroças e, mais tarde, pelos trilhos promissores das estradas de ferro.

Entretanto, não era só de café que se erguia essa vila robusta. Nos mercados e becos, sob os beirais de armazéns e nos pátios das casas-grandes, circulava outro comércio — mais silencioso, mas não menos lucrativo: o tráfico de escravizados. Era Juiz de Fora entreposto desse ofício sombrio, reflexo de um Brasil que ainda se nutria do cativeiro como se fosse instituição natural.

O comércio de homens, mulheres e crianças negras era operado com a mesma frieza com que se vendiam sacas de café ou bois de corte. E nas coxias do poder, senhores de sobrancelha grossa e fala pausada, sentavam-se à Câmara Municipal, composta majoritariamente de fazendeiros, comerciantes e doutores da lei, muitos dos quais unidos entre si por vínculos de sangue ou compadrio.

A população, por sua vez, desenhava um mosaico social de rara variedade. Imigrantes — principalmente alemães — vinham aos poucos colorir o traçado urbano com seus ofícios simples e sua obstinação discreta. Chegavam como carroceiros, sapateiros, marceneiros, pedreiros, e, com o tempo, construíam casas, ruas, relações. A cidade os recebia como quem incorpora um novo tempero a uma receita antiga: com curiosidade, alguma reserva, mas inevitável assimilação.

A pecuária, embora mais recatada em presença do que o café, deixava marcas consistentes na economia e no cotidiano. Os campos verdes das fazendas serviam de pasto para bois lentos e silenciosos, criados ao modo extensivo, como era então costume: livres, em grandes pastagens, a ruminar a preguiça dos dias e a gordura dos lucros. Produzia-se carne, é certo, mas o verdadeiro tesouro estava no leite — e sobretudo na manteiga e nos queijos. As manhãs em Juiz de Fora começavam com o vapor do leite fervendo nas panelas de ferro, cheiro de mato e ordenha, e claro, do café, e logo se espalhavam pelas quitandas em pacotes de manteiga e nos queijos frescos, prensados à mão, embrulhados em panos brancos e vendidos a bom preço.

A produção de laticínios, inicialmente modesta, de quintal e tachos, já ensaiava seus primeiros passos rumo à indústria. Nas cercanias da cidade e nas áreas que miravam Barbacena, surgiam pequenos estabelecimentos que pretendiam domar o leite com as rédeas da técnica moderna. E assim, a vila se fazia, paradoxalmente, ao mesmo tempo artesanal e progressista — com um pé nos saberes da roça e o outro nas promessas da máquina.

Urbanamente, Juiz de Fora erguia-se. Bairros ganhavam contornos mais definidos, com ruas delineadas, casas em alvenaria e jardins ensaiando simetrias. Eram sinais claros de que a vila se preparava para deixar de sê-lo. Investia-se em estradas, pontes, melhoramentos diversos. Os lampiões, ainda a óleo, clareavam com timidez os caminhos de terra. Nas feiras, entre tachos de rapadura, molhos de fumo e montes de mandioca, trocavam-se não apenas mercadorias, mas também notícias, intrigas e sonhos.

A cidade era um centro comercial em efervescência, com produtos manufaturados vindo do Rio, com tropeiros e comerciantes que passavam por ela como por um corredor de abastecimento. As classes dominantes, com seus paletós de linho e colarinhos engomados, assistiam à expansão com um misto de orgulho e vigilância. Já os escravizados, os imigrantes, os pequenos comerciantes, os trabalhadores das pedras e dos couros — esses sustentavam a cidade com o peso do cotidiano.

Juiz de Fora, enfim, não era uma cidade como as outras. Era um corpo em transformação, uma espécie de alegoria do país que se repartia entre a tradição escravocrata e a modernidade. Havia nela uma beleza bruta, como de pedra recém-lapidada, uma força que brotava da terra e dos homens, misturada ao aroma do café e ao gosto morno do leite recém-ordenhado.

E quem a viu naquele tempo — quando os trilhos ainda eram uma promessa distante e o gado mugia nas encostas — jamais se esqueceria do seu alvoroço contido, da sua ambição sussurrada, da sua certeza silenciosa de que seria mais do que entreposto: seria cidade grande, e o seria pela força de sua gente e do que ela arrancava, a pulso, da terra e do tempo.

E nessa cidade de oportunidades, Nicola construiu seu império. Era desses homens raros cuja mente parecia moldada por engenheiros invisíveis, tal era sua capacidade de enxergar não apenas o presente, mas também os desdobramentos do futuro. Possuía uma visão estratégica que lhe permitia, mesmo em terrenos incertos, antever caminhos e atalhos que escapavam ao olhar comum. Resiliente como os que cruzaram oceanos para recomeçar, era também criativo — não da criatividade fantasiosa dos poetas, mas da engenhosa, prática e obstinada, que reinventa a rotina e extrai soluções do que aos outros parece caos.

Tinha a palavra fácil e a escuta atenta. Sabia negociar sem ferir, liderar sem impor. Trabalhava em equipe como quem rege uma orquestra: observando os tempos, os silêncios, os talentos. Acreditava nas máquinas, nas novas tecnologias de produção que despontavam nos livros e nos salões industriais do país. Alimentava uma mentalidade resolutiva e aberta ao novo — um espírito moderno, porém fincado em valores sólidos. Tudo isso, aliado à sua persistência e à habilidade de assumir riscos com medida e cálculo, sem os arroubos do jogo, mas também sem os freios do medo, foi o que o tornou um empresário respeitado.

Em pouco mais de uma década no Brasil, ergueu o que muitos levavam uma vida inteira para alcançar. Ganhara nome, patrimônio e prestígio, mas negando suas origens e esquecendo os passos dados na poeira da infância.

Afinal, era, sobretudo, homem de lógica. Dentro de si morava uma aritmética severa, um tribunal de causas e consequências que pesava, com rigor cartesiano, cada movimento. E por mais que amasse o irmão, por mais que sua alma se condoesse com a história da jovem Luiza — aquela moça de olhos fundos e destino ferido —, Nicola não queria, não podia, pôr em risco tudo o que construíra.

Sabia que nomes, mesmo limpos, podiam ser manchados por associações perigosas. E o ocorrido na Fazenda de Santana — mesmo anos depois, mesmo envolto em silêncio e poeira — ainda exalava o odor de escândalo e desobediência. Nicola, que aprendera a ler os homens como quem lê contratos, intuía que qualquer ligação explícita com aquele passado poderia despertar suspeitas, atrair olhares inquisitivos, arranhar sua reputação recém-polida.

Preferiu, então, o prudente afastamento. Não por falta de amor, mas por excesso de cautela. A fraternidade, para ele, era uma chama que se mantinha viva no interior, mas que, em público, devia arder discreta, protegida do vento traiçoeiro das convenções sociais.

Casado, bem-posto, de gravata estreita e paletó claro, evitava qualquer assunto que cheirasse à Basilicata, família na Itália ou à cocheira de Santana. Dizia que era filho único. E, fazia questão de não passar perto da rua que morava a família do sapateiro, quando ia a Mar de

Espanha a negócios.

Não por rancor. Mas por cálculo. Temia que alguém, por curiosidade ou malícia, fizesse a ponte entre ele e Luiza, cujo pai — ainda em algum lugar no Rio de Janeiro — movia influências e não perdoava.

O silêncio entre os irmãos era uma ponte quebrada sobre o rio da conveniência. Nicola dizia para si mesmo: "Não é por mal, é pelo futuro".

Mas João nunca o amaldiçoou.

Costurava os sapatos dos filhos e ensinava a José a arte de domar o couro e o destino. Falava pouco, como sempre, mas quando José, já com sete anos, lhe perguntou:

— Pai, a gente veio de onde?

Ele sorriu.

— Do lugar onde nascem os que não cabem nos mapas. De uma cidade com colinas rochosas e vales, num país chamado Sicília, que já não existe mais.

E assim, naquela cidade de telhados baixos, a história da fuga virou esquecimento.

CAPÍTULO 14

A Promessa e a Palavra

No rumor manso das tardes na Praça Onze de Junho, quando o sol baixava, Giacomo já não voltava ao cortiço. Morava agora com Raffaela e Zeca, num sobrado simples, mas arejado, com vista para o velho chafariz que coroava o centro da antiga freguesia de Sant'Anna na Cidade Nova. A mudança se dera após a tragédia que levou Giuseppe, vencido pela febre amarela que em 1873 assolou a cidade com mão invisível e impiedosa.

Giuseppe partira. Giacomo e Raffaela o velaram com o pesar mudo dos que já haviam chorado antes mesmo da perda. A febre espalhara-se como vento ruim, e, naquela época, falava-se em miasmas, vapores e malares da cidade suada. E, culpavam o Morro do Castelo dizendo que ele "abafava a cidade", pois não deixava o ar circular. Raffaela, já com o ventre rotundo, temia pela vida da criança que carregava e pelo irmão, ainda exposto no casarão do Morro do Castelo.

— Ele pode vir morar conosco? — perguntou, certa noite, com os olhos marejados.

Zeca, que lia o jornal no canto da sala, ergueu os olhos com ternura:

— Claro que pode. Aqui é casa de irmão também.

E assim, Giacomo se fez parte daquela família

que se construía aos poucos, entre pratos divididos, palavras trocadas e silêncios acolhidos. Foi padrinho do primeiro filho de Raffaela e Zeca, menino forte com olhos esverdeados que lembravam os da mãe, por conta disso, batizado com o nome de Rafael, tendo Fernanda, a irmã de Zeca, como madrinha. Era a criança um sol na casa, e Raffaela, entre fraldas e suspiros, se descobria mãe com a mesma delicadeza com que rabiscava seus pensamentos nas linhas do caderno.

Zeca, sempre afeiçoado às letras, certo dia pediu:

— Posso ler teu diário?

Ela hesitou. Corou.

— São coisas minhas, Zeca... Às vezes exagero, digo bobagens...

Ele sorriu e pegou-lhe a mão:

— Se é tua alma que está ali, quero conhecê-la. Somos um só, Raffaela. Não tenhas receio. Agora sou teu diário também.

E leu. E encantou-se.

Cada frase era um arabesco de emoção. Os registros do cortiço, os medos da gravidez, as notas sobre a cidade, os olhares que se cruzavam com os dele, as saudades de Giuseppe, os silêncios de Giacomo. Era como ouvir uma música feita de palavras.

— Escreves com o coração e a inteligência de quem vê o que os outros não enxergam — disse ele.

Raffaela sorriu, acanhada.

— Preciso melhorar meu português...

— E vamos melhorá-lo. Posso te ensinar um pouco, mas quero mais. Ouvi dizer na redação que a Escola Pública de São Sebastião será inaugurada. Aqui perto, na Praça mesmo.

Ela arregalou os olhos:

— Eu? Estudar?

— Sim. Já falamos sobre liberdade, não? Pois aprender é um modo de libertar a mente.

A escola, souberam depois, fora proposta pela Câmara Municipal em 1870, com o apoio de doadores. Erguia-se numa construção de traços clássicos, paredes de cal e janelas arqueadas. Seria a primeira escola pública do Rio a funcionar em prédio próprio. Atenderia meninos e meninas. Um marco.

Zeca conversou com o pai:

— Quero matricular Raffaela na escola.

Seu Antônio franziu a testa:

— Mulher não precisa dessas coisas... E, além do mais, Fernanda me ajuda bem no armazém.

Mas Zeca insistiu:

— Manoel e mamãe dão conta contigo do armazém. Fernanda pode cuidar de Rafael algumas horinhas. E Raffaela merece isso.

Fernanda, com riso maroto, disse:

— Melhor trocar fraldas do que pesar feijão o dia inteiro!

Seu Antônio, resmungando, acabou cedendo.

Quando as aulas começaram, Raffaela enfrentou outro desafio. Era a mais velha da turma. As meninas, ainda com tranças e joelhos esfolados, olhavam-na com curiosidade. Ela sentia-se deslocada. Mas Zeca, ao vê-la hesitar, disse-lhe:

— Besteira. Conhecimento não tem idade. Ensina-me tuas palavras e te ensino as minhas.

E assim seguiram. Raffaela aprendia os verbos, mas também ensinava a ver poesia no cotidiano. Zeca, que sabia juntar letras, aprendeu com ela a juntar silêncios em palavras.

Nas tardes livres, ela escrevia:

"Estudo para escrever melhor. Mas o que sinto já se escreve sozinho. A saudade de meu pai, o amor por Rafael, a ternura de Zeca. Tudo é palavra antes de ser voz e escrita."

E Giacomo, cada vez mais próximo do casal, tornava-se um pilar. Trabalhava firme, lia com afinco, e era exemplo de constância. Nas festas de fim de ano, celebravam com comida simples, risos leves e esperança. Seguia viva, pulsando entre os batuques da vizinhança, vozes, nacos de afeto e promessas de um futuro ainda por escrever.

No caderno, Raffaela escreveu:

"Se as palavras são semente, o amor é terra fértil. E eu sou lavradora dos dias."

Seis anos se passaram e a casa de Zeca e Raffaela, discreta como tantas outras na Praça Onze, erguia-se rente à calçada, ladeada pelo murmúrio incessante da cidade. Ali, próxima à mercearia de Antônio — português de poucas palavras, voz grave e mãos calejadas — a vida deslizava entre barris de cereais, vasilhas e papéis de embrulho engordurados. O comércio de Antônio era modesto, mas respeitado, como respeitado era o próprio dono, que nunca negara um fiado, tampouco um conselho. Sua esposa, mulher mulata de feições serenas e olhos como pedra polida, fora alforriada ainda jovem. Com ela, construiu um lar onde a ordem e o silêncio se equilibravam com a música da panela no fogo.

Zeca, o primogênito, herdara do pai a firmeza e da mãe uma espécie de tristeza quieta que lhe escurecia os olhos quando ninguém via. Casado com Raffaela, que tornara-se então professora primária, vivia num sobrado simples com os dois filhos — Rafael que crescera, agora com seis anos de fala rápida e olhar aceso, e Luiz com três anos. E também com eles Giacomo, irmão de Raffaela, imigrante como tantos outros, que lutou com o idioma da nova terra como quem esgrima com palavras tortas, mas já a essa altura falava bem o português e aprendera a escrever melhor com sua irmã e cunhado.

Nos primeiros tempos, a vida seguira com uma dignidade tranquila. Raffaela dava aulas na escola municipal e, à noite, corrigia cadernos à luz de lamparina. Tinha gosto pela escrita, pelas vírgulas bem-postas e pelas palavras justas. Ajudava Giacomo com os rudimentos da língua, e revisava as cartas que ele escrevia aos parentes da Itália — cartas sempre carregadas de saudade, sempre escritas como se fossem as últimas.

Zeca, por sua vez, continuava trabalhando como tipógrafo no Jornal do Commercio. Era bom no que fazia, meticuloso e ágil com os tipos móveis. Mas por trás de cada edição impressa, carregava um peso surdo. Era mestiço. Crescera entre o sobrado do pai e as palmas calosas da mãe. Sabia o que era andar nas ruas sendo olhado com condescendência, quando não com desprezo. Sabia, sobretudo, o que era viver entre dois mundos — sem ser aceito plenamente em nenhum.

No jornal, os chefes o respeitavam. Mas era um respeito funcional. Entre os linotipos, Zeca montava editoriais, notas econômicas e, com o mesmo cuidado, anúncios de venda de gente:

"Negra de trinta anos, saudável, sabe cozinhar. Tratar com o anunciante."

"Menino pardo, robusto, bom para o serviço doméstico. Vendem-se com urgência."

Essas palavras o feriam como se fossem aço. A cada nova edição, sentia-se menos homem e mais engrenagem. Montava a dor alheia com as mãos, e, por salário, vendia seu silêncio.

Foi durante uma dessas edições que conheceu José Inácio Gomes Ferreira de Menezes, advogado e jornalista negro, que chegara para publicar um artigo pago — uma defesa vibrante da abolição. O jornal aceitava esses textos, desde que pagos, como quem cede espaço ao inimigo por descuido.

— Este jornal me enoja — disse José Inácio, após entregar o manuscrito. — Mas por enquanto é o único onde se pode ser lido por quem tem poder. Por ora, faço concessões. Mas só até plantar minha própria prensa.

Zeca ouviu calado, mas seu espírito vibrou internamente com a força daquela convicção. A amizade nasceu logo, e com ela, a esperança.

Dois anos depois, em 1880, José Inácio fundava a Gazeta da Tarde, periódico combativo e republicano, com sede instalada no coração nervoso da cidade, a Rua do Ouvidor, nº 44, onde os sons das carroças se misturavam aos rumores da política e aos cochichos da literatura. Era ali, entre vitrines de livrarias, bilhetes de teatro e charutos caros, que nasciam as ideias mais perigosas do Império. A Gazeta surgia como espada em punho contra a escravidão, a monarquia e o silêncio imposto.

Chamou Zeca para trabalhar com ele.

— Você sabe montar letras. Agora, aprenderá a montar ideias.

Ele aceitou. Na nova oficina o ar era outro. Não se imprimiam ali nomes de escravos à venda, mas de homens livres a caminho. Zeca começou como tipógrafo, mas logo lhe ofereceram espaço como cronista. Escrevia com sobriedade e nervo. Suas palavras tinham a força contida de quem observou e calou por tempo demais.

Foi nesse ambiente que conheceu Luiz Gama, advogado dos sem voz; José do Patrocínio, orador inflamado; e Ângelo Agostini, cartunista feroz que ridicularizava os poderosos com linhas mais cortantes que navalha em sua Revista Illustrada.

Certa noite, Zeca comentou sobre Raffaela — sua inteligência, seus escritos escondidos em cadernos, sua forma de enxergar o mundo com rigor e poesia.

— Traga-a — disse José Inácio. — Uma imprensa justa não é feita só com mãos de chumbo, mas também com olhos de mulher.

Raffaela aceitou, a princípio hesitante. Publicava anonimamente. Seus artigos falavam das mães negras, das crianças sem sapato, das professoras esquecidas pelos decretos. Escrevia com ternura, mas também com raiva — uma raiva justa, educada, firme.

O casal tornara-se então dupla na escrita: ele, o observador das ruas; ela, a voz das casas. Juntos, davam à "Primeiro de Janeiro" — coluna que mantinham na Gazeta da Tarde — o que nenhum outro jornal possuía: o olhar dos que viviam debaixo da linha editorial.

E então veio o 13 de maio de 1888. A cidade, perplexa, acordou com sinos e boatos. A escravidão, dizia-se, fora abolida. As assinaturas se cumpriram. As correntes caíram no papel.

CAPÍTULO 15

Terra Livre

O sino da matriz tocou diferente naquele 13 de maio de 1888.

Mar de Espanha, cidade miúda e esquecida entre montanhas, sentiu no ar um rumor vindo de longe. A escravidão havia terminado. Oficialmente.

No coreto da praça, senhores liam o jornal com um misto de incredulidade e cautela. Nas ruas de terra, ex-escravizados se entreolhavam sem saber se podiam comemorar — ou se deviam.

— A liberdade é boa. Mas vem tarde. E vem sem-terra.

A cidadezinha viu o mundo mudar com um papel assinado pela princesa, mas a realidade seguia bruta: terras seguiam nas mãos dos mesmos, e os pretos livres continuavam sem casa, sem ofício, sem promessa.

João, o sapateiro, entendeu isso no olhar dos novos amigos que fizera em Mar de Espanha — que agora podiam andar pela rua sem baixar os olhos, mas ainda eram medidos pelos mesmos olhos brancos. Ele sabia: o fim da escravidão não era o fim da servidão.

Naquela mesma noite, sentados à mesa de madeira, sob a luz trêmula da lamparina, João e Luiza se entreolharam. Era como se, sem palavras, soubessem o que o outro pensava. Finalmente, ela rompeu o silêncio.

— E se Lázaro, Rosa e Benguela ainda estiverem vivos?

João passou a mão pela barba curta, pensativo. Há mais de quinze anos haviam fugido da fazenda de Santana, deixando para trás não só o cativeiro, mas também os amigos que, com coragem, os ajudaram na fuga. Haviam prometido não manter contato — por segurança. Se Mariano descobrisse que seus escravos haviam participado da fuga, a fúria do barão cairia sobre eles como ferro em brasa. E Felício, o feitor, não precisava de desculpas para açoitar.

Mas agora, com Mariano morto há mais de uma década, e com a liberdade enfim proclamada, talvez fosse chegada a hora de procurá-los. Talvez ainda pudessem encontrá-los. Talvez ainda fosse possível retribuir, com justiça e afeto, o gesto de amizade e bravura.

Demoraram semanas até saberem de um tropeiro que passaria por Mar de Espanha, levando encomendas rumo a Barbacena. Quando ele enfim chegou, após onze dias de espera, João o abordou na venda da esquina.

— Compadre, se me permite — disse, oferecendo-lhe um gole de cachaça e algumas moedas —, preciso de um favor.

O homem, de barba rala e pele curtida pelo sol, escutou em silêncio. João explicou-lhe, com cautela, o que queria: que o tropeiro perguntasse na cidade e na fazenda de Santana pelos antigos cativos. Que não dissesse seus nomes. Que não mencionasse Mar de Espanha. Apenas, se os encontrasse, que lhes entregasse um bilhete, com sua localização e um convite para reencontro.

O tropeiro assentiu com a cabeça e partiu. Demorou quarenta dias para chegar a Barbacena, passando por Bicas, Juiz de Fora, Piau, Palmira e São João Nepomuceno, onde deixava mercadorias e buscava novas.

Ao chegar, procurou informações discretamente. Nada encontrou, exceto por uma senhora idosa que, sentada à soleira da porta, lhe contou, com pesar, que um tal de Benguela havia sido encontrado morto numa das ruas da cidade poucos dias antes. Estava envelhecido, alquebrado, e antes de morrer carregava um olhar de abandono que cortava a alma enquanto vagava pelas ruas, mas ninguém foi capaz de ajuda-lo.

Mais trinta dias se passaram até que o tropeiro retornasse a Mar de Espanha. Quando o fez, encontrou João e Luiza à espera, no portão da pequena casa. O homem desmontou da mula, tirou o chapéu e baixou os olhos.

— Encontrei notícia de um só... Benguela. Mas já se foi.

Luiza chorou sem contenção. Seus soluços ecoaram pela casa e pelas noites seguintes. João calou-se, tomado por um luto que não tinha palavras. Os filhos, ainda pequenos, observavam os pais em silêncio, sem entender. Pressentiam algo grave, mas não ousavam perguntar.

O que João e Luiza ignoravam era que, logo após a abolição, Lázaro, Rosa e Benguela enfrentaram uma tormenta de miséria e rejeição. A liberdade, embora celebrada nos salões da elite, trouxe o gosto amargo da exclusão para os que sempre viveram à margem. Nas fazendas, os libertos eram vistos como peso. Raros foram os que conseguiram emprego, e esses poucos foram recolhidos como criados em casas de família ou mantidos em posição subalterna nas propriedades trabalhando por teto e comida. A maioria vagava pelas cidades, mendigando, vivendo de esmolas, lavando roupa para fora, vendendo doces, ou simplesmente sendo esquecida.

Rosa e Lázaro, três anos após a fuga de João e Luiza, casaram-se. Tiveram três filhos — o mais velho com quatorze, a menina do meio com doze, o caçula com nove. E, nesse contexto, diante do abandono e das hostilidades da terra que antes chamavam lar, decidiram partir. A esperança chamava-se Rio de Janeiro, a cidade grande, onde em meio a tanta gente, parecia impossível que não precisassem e pagassem pelos seus serviços.

Prepararam uma trouxa com roupas e cestos de mantimentos, e com coragem na alma, iniciaram a travessia a pé. No caminho, dependiam da bondade dos estranhos, da comida trocada por pequenos favores, da carona em carroças e carros de boi. Tentaram levar Benguela, mas este, já alquebrado e sem forças, recusou-se.

— Meu corpo é de barro seco — dissera ele, sentado à sombra de uma mangueira. — Não aguento mais um caminho longo. Aqui eu fico.

Pensaram em João e Luiza, mas o medo falou mais alto. Não sabiam ao certo onde estavam em Mar de Espanha. E mesmo com a liberdade no papel, a sombra da família de Mariano e da Baronesa ainda pairava pela região. Quem sabe que tipo de vingança lhes restava nos corações dos que herdaram ódio junto com a terra?

E assim, sem despedidas, seguiram para o Rio.

No Brasil que se erguia após a Lei Áurea, a vida dos ex-escravizados era uma travessia incerta. Sem terra, sem escola, sem emprego formal, submetiam-se a baixos salários, condições indignas e ao peso de um preconceito estrutural. Os fazendeiros recusavam-se a contratá-los, alegando "preguiça" ou "vadiagem", e as autoridades reforçavam esse discurso com leis que criminalizavam a pobreza.

Ainda assim, muitos se reinventaram. Homens aprenderam ofícios como marceneiro, charuteiro, pedreiro. Mulheres passaram a cozinhar, limpar, cuidar de crianças — as babás do novo século. Outros se uniram em pequenos quilombos urbanos, tentando criar espaços de sobrevivência coletiva e resistência.

Foi nesse Brasil em transição — entre o couro, o respeito, a dor e o silêncio — que João e Luiza criaram seus filhos. E cada passo que davam sobre a terra livre era, ao mesmo tempo, um eco do passado e um sopro teimoso de esperança.

CAPÍTULO 16

Corpo Ausente

Era a manhã de 27 de março de 1898 quando os sinos da paróquia de Mar de Espanha soaram em compasso lento, como que soluçando com a vila inteira. Às nove horas, sob a luz branda de um sol ainda tímido, calava-se para sempre o coração de João — ou Giovanni, como o batizara sua mãe em terras distantes.

Dez anos após a abolição João estava com 55 anos. Morreu de repente, sem aviso, sem gemido. O Dr. Agostinho falou em hemorragia cerebral. A esposa Luiza, agora viúva, segurou a mão fria do marido e sussurrou:

— Você morreu como viveu... calado e sem alarde.

O corpo fora velado na própria casa, um sobrado de janelas modestas, em rua de chão batido, onde os vizinhos já se achegavam desde as primeiras horas com olhos vermelhos e palavras medidas. Luiza, vestida de preto com um véu que lhe cobria o rosto, recebia os que vinham em silêncio, apertando mãos e recolhendo murmúrios. Dona Inácia, vizinha antiga e de fé inabalável, trouxera um rosário; seu Agenor, marido dela, um banco extra para os que não encontrassem lugar. O alfaiate Paschoal, velho amigo de João, viera cedo ajudar a vestir o corpo: calças de brim escuro, camisa limpa e um paletó. Não havia luxo, mas havia dignidade — e disso João jamais fora carente.

Dr. Agostinho, o médico da cidade, chegou perto

do meio-dia. Aproximou-se de Luiza, segurou-lhe a mão com doçura contida, e depois inclinou-se diante do corpo, como quem agradece um favor antigo. Entre os presentes, haviam brancos e negros — homens livres, companheiros de João, que, mesmo após a abolição, ainda carregavam o peso do olhar alheio. Mas ali, naquela sala de vigília, o respeito não fazia distinções.

O padre Euzébio, homem miúdo de batina gasta, veio ao entardecer para as orações. Rezou com voz baixa, quase sussurrada, como quem respeita o mistério. A vela posta aos pés do caixão projetava sombras nas paredes, e o cheiro de madeira crua misturava-se ao das flores trazidas pelas filhas.

O enterro foi no dia seguinte, Paschoal, amigo da família, fez o registro no cartório com olhos marejados.

O caixão, simples, foi colocado sobre um carro de mão, conduzido por José e Alfredo, os filhos mais velhos do casal, e seguido pelos irmãos e amigos. A cidade, ainda em despertar, parava à sua passagem. Alguns retiravam o chapéu, outros apenas baixavam os olhos. Não era apenas um sapateiro que partia — era um pedaço da vida cotidiana da cidadezinha que se despedia. O sepultamento foi no Cemitério da Irmandade de Nossa Senhora do Rosário, onde repousavam os humildes, os devotos e os esquecidos. Onde pretos e imigrantes pobres eram acolhidos na morte. Lá, numa cova rasa, entre cruzes de madeira e pedras antigas, João encontrou descanso.

A cerimônia foi breve. As palavras do padre foram simples, como convinha. Ao final, uma das crianças lançou uma flor no túmulo. E por um momento, entre o som seco da terra caindo e o choro contido dos filhos, pareceu que o tempo parava — como que respeitando aquele instante de despedida.

A vida, porém, seguiu. Os sapatos por fazer ficaram no canto da oficina, e a cadeira de João, encostada ao balcão, manteve por dias o formato do corpo ausente. Luiza, entre lutos e tarefas, manteve a casa e os filhos. E na cidade de Mar de Espanha, ao falarem do velho sapateiro João, diziam: "homem bom, de mão firme e coração largo, desses que fazem falta até quando o tempo passa." E, de fato, passou. Mas não sem deixar um sulco profundo na memória dos que o amaram.

A cidade chorou em silêncio. Um sapateiro morre sempre sem grande escândalo — mas deixa buracos nos pés e no coração de muitos.

Luiza, aos 46, ficou com os menores. O luto foi manso, mas longo. O vestido preto virou segunda pele. Ainda tinha filhos a criar. Não podia desabar.

José, com 26 anos, recém-casado com Alayde, filha de imigrantes alemães de Juiz de Fora, já era alfaiate respeitado. Herdara do pai o amor pelo trabalho e o talento nas mãos, mas preferiu pano a couro. Com agulha fina e tesoura bem medida, vestia os homens da cidade com recato e elegância. No entanto, tinha a saúde, sempre frágil.

Alfredo, então com 22, era enfermeiro, profissão ainda de dedicação, sem formação. Discreto, sempre limpo, mãos suaves. Era bom com feridas, melhor com dores que não sangravam. Tinha um olhar compassivo que nem sempre combinava com sua rigidez exterior. Casado por conveniência com uma mulher boa, mas cega de afeto, sofria em silêncio com sua verdade negada. Em sua alma, travava a luta entre a moral imposta e o amor que nunca ousara viver de forma plena.

Leopoldina, aos 19, era vento solto. Lia jornais, lia romances proibidos. Dizia que casamento era armadilha, que mulher não devia depender de homem. Queria ser professora, ou talvez costureira — não sabia ao certo, mas sabia que queria pensar por si.

Guilhermina, aos 17, era luz morna. Apaixonou-se por Gaetano, jovem imigrante do Vêneto, recém-chegado com pais e irmãos. Ele desenhava e pintava com cores que pareciam novas. Os dois se viam à beira do rio, trocavam sonhos e aquarelas.

Militina, com 14, era recato e observação. Maria, aos 11, era terra firme e voz firme. Cresceria para ser pilar.

Elisa, com 8, tinha os olhos da mãe e a delicadeza do pai.

Américo, o caçula, com 5 anos, ainda confundia palavras, mas já observava o mundo com curiosidade. Seria aquele que, no futuro, plantaria raízes entre cortiços e bondes, longe da Serra, no coração pulsante do Rio de Janeiro.

Nicola soube da morte de João por um tropeiro, semanas depois. Leu o nome do irmão num bilhete dobrado, engordurado de viagem. Sentou-se em silêncio. E pela primeira vez em muitos anos, sentiu o que sempre evitou sentir: arrependimento.

Foi até Mar de Espanha. Viu Luiza viúva, os filhos crescidos, o sobrado pobre, mas limpo. Ofereceu ajuda. Deu dinheiro. Comprou roupas para os pequenos. Chorou com culpa, mas chorou sozinho.

— Você veio tarde — disse Luiza.

— Mas vim — respondeu ele.

Depois, voltou à sua fábrica, à sua vida. Mais calado do que nunca.

CAPÍTULO 17

O Peso do Silêncio

Na Santa Casa de Misericórdia de Mar de Espanha, Alfredo era conhecido como um homem de mãos calmas e gestos precisos. Enfermeiro por ofício, mas, segundo os antigos, com algo de médico e de padre — pois curava os corpos com ciência e as almas com escuta. Aos trinta e poucos anos, representava, para muitos, a imagem serena da nova geração: instruído, progressista, respeitado por pobres e doutores.

Mas por trás do avental bem-alinhado e do sorriso discreto, Alfredo carregava um segredo que lhe atravessava o peito como uma lâmina fina: era homossexual. Vivia, contudo, sob o pacto silencioso de um casamento de fachada.

Cândida, sua esposa, era uma mulher de boa alma, religiosa, meiga e resignada. O filho do casal, José Roberto, nascera em 1903, trazendo nos olhos azuis a herança de João, o avô paterno. Alfredo amava o menino com a intensidade de quem sabe que jamais poderá lhe revelar a verdade inteira. À noite, enquanto lia os salmos com Cândida na penumbra da sala, sentia cada palavra pesar na boca como pedra — era a penitência mansa dos que se calam por amor e por medo.

A infância de Alfredo fora a de um menino do interior. Crescera entre rios, bichos e matos, inventando brincadeiras solitárias, subindo em árvores e correndo descalço pelas margens do Paraibuna. Era um menino vivo, dado a estripulias e silêncios. Teve amigos de infância, com quem partilhou os primeiros desejos, ainda confusos e inocentes — toques furtivos, olhares demorados, descobertas que vinham sem nome, mas deixavam marcas. Nada havia ali de perverso: apenas o início de uma identidade que crescia à margem dos dicionários e das preces.

Na juventude, partiu para estudar em Juiz de Fora, cidade vizinha e maior, pois em Mar de Espanha faltavam horizontes. Com cerca de vinte e cinco anos, o casamento com Cândida já estava acertado — era o que se esperava. Naquele tempo, casar era um gesto mais de dever que de escolha. Ninguém perguntava por amor. Cândida era bonita, doce, conhecida da infância. Mas Alfredo já sabia de si. Sabia o que desejava. E sabia, sobretudo, o que não poderia desejar em voz alta.

Juiz de Fora lhe ampliara o mundo, sim, mas também lhe mostrara os riscos. Havia se convencido, não sem dor, de que não podia viver o que era. E assim construiu para si uma história paralela, um personagem aceitável. Dizia-se: "Sou um homem diferente. Não sou afeminado." Repetia essas palavras como quem tenta cravar uma estaca contra o próprio coração. E seguiu a vida tentando guardar o desejo, como se se tratasse de um objeto pecaminoso escondido no fundo de uma gaveta.

Durante mais de uma década, sufocou-se. Mas havia dias — e noites — em que o corpo exigia ser ouvido. Inventava pretextos, viajava, fazia visitas. Quando ia a Juiz de Fora, a São Paulo, ao Rio de Janeiro, às vezes, muito raramente, acontecia. Encontrava um homem. Um toque. Um beijo apressado e então acontecia. Sempre mais velhos, mais discretos, mais resignados que ele. Nunca foi amor. Era fuga. Alívio. Culpa.

    Como profissional de saúde, Alfredo conhecia muita gente. E, por isso mesmo, se vigiava com redobrada cautela. Reprimia até o olhar. Dizia a si mesmo, como quem se defende de um tribunal invisível:

— Sou conhecido na cidade. Sou respeitado. Não posso ser uma daquelas bichas que andam por aí abanando lenço. Eu perderia tudo.

    E então murmurava para dentro:

— Sou enrustido, sim. Mas sou um enrustido consciente, tranquilo. Um homem sério.

    Acreditava nisso com a fé dos vencidos.

    Mar de Espanha era uma cidade pequena, de olhos atentos e línguas rápidas. A sombra do escândalo pairava sobre qualquer desvio, e Alfredo sabia que bastava um tropeço para que tudo ruísse. Ainda assim, desconfiava — talvez com razão — de que Cândida já intuía algo havia anos. O casamento, embora honesto em suas intenções, jamais fora pleno. Existia entre eles um afeto morno, moldado pela convivência e pela criação do filho, mas sem paixão. E, mesmo amando o filho com ternura incondicional, Alfredo frequentemente se perguntava se fizera a coisa certa. A dúvida, como um espinho cravado na carne, o acompanhava sempre.

    Como tantos outros homens presos entre o que são e o que esperam que sejam, Alfredo vivia uma vida dupla. Na superfície, o marido exemplar, o pai dedicado, o enfermeiro virtuoso. Por dentro, um homem em guerra com os próprios desejos — que vinham, que queimavam, e depois passavam, deixando atrás de si a vergonha e o silêncio.

    Enquanto isso, Guilhermina, agora com pouco

mais de vinte anos, casara-se com Gaetano, um jovem imigrante vindo de Roverchiara, na província de Verona. Pintava letreiros e cartazes nas ruas de Mar de Espanha, mas sua alma era feita de tinta e sonho. Sonhava alto — queria ser ilustrador, queria trabalhar com Ângelo Agostini no Rio de Janeiro.

Agostini era, para ele, mais do que um artista. Era um mito. Lenda viva desde os tempos do Brasil Imperial, fundador da Revista Illustrada, cartunista impiedoso, havia enfrentado generais, ridicularizado políticos e denunciado injustiças com a pena mais afiada do que espada. Quando Barata Ribeiro, então prefeito do Rio, ordenou a demolição do cortiço Cabeça de Porco em 1893, Agostini reagiu com desenhos cortantes, sátiras mordazes, mostrando que por trás do discurso de "higienização" havia racismo, preconceito e opressão social.

Gaetano colecionava recortes daqueles desenhos como se fossem relíquias sagradas. Mostrava-os aos amigos com o brilho dos que veneram mestres. Trabalhar com Agostini, para ele, seria como ter vivido ao lado de Rafael, em Roma. Mas o Rio era distante, caro, perigoso — um sonho, ainda.

Ao seu lado, Elisa — irmã mais nova de Guilhermina — tornara-se sua maior confidente. Unidas por laços de sangue e por afinidades silenciosas, compartilhavam mais que o ofício da costura: partilhavam segredos, receitas, retalhos e esperanças. Entre pontos e conversas, iam traçando, ainda sem saber, um destino comum que haveria de desaguar, um dia, na cidade grande.

Gaetano era, antes de tudo, um homem bom.

Tinha mãos hábeis e olhar atento, destes que enxergam o mundo não apenas como ele é, mas como poderia ser traçado em linhas e sombras. Possuía um dom raro para o desenho — sabia dar alma ao carvão, movimento à tinta —, mas o que lhe sobrava em talento, faltava-lhe em coragem. Faltava-lhe a centelha de ousadia necessária para romper com o destino miúdo e marchar, peito aberto, rumo ao incerto das grandes cidades.

Ganhava a vida pintando letreiros e cartazes, enfeitando as vitrines e os muros de Mar de Espanha com letras caprichadas e figuras sorridentes. Era um ofício honesto, mas rendia pouco, quase nada. Quem sustentava de fato o lar, com a delicadeza de suas mãos e a firmeza de seu caráter, era Guilhermina. Mulher de fibra, de feição doce e olhar determinado, costurava para fora com esmero e arte. Era ajudada pela irmã mais nova, Elisa, moça de poucas palavras e gestos precisos, e juntas produziam vestidos e enxovais que faziam suspirar as senhoras da cidade. Mais de uma vez, ouviu-se que o talento de Guilhermina era grande demais para uma vila tão modesta — e ela própria, por vezes, acalentava esse pensamento nos silêncios das noites costuradas.

Chegou, certa vez, a propor ao marido uma mudança. Não falava em aventuras desenfreadas, mas em possibilidades: talvez Juiz de Fora, quem sabe até mesmo o Rio de Janeiro, onde os jornais cresciam e as revistas ilustradas ganhavam o gosto do público. Guilhermina não queria luxo nem fama — queria apenas horizonte.

Mas Gaetano hesitava. O mesmo amor que sentia por ela o fazia temer arrancá-la de sua rotina segura, ainda que apertada. Tinha medo. Medo de arriscar, medo de fracassar. E esse medo, embora jamais imposto com palavras, acabava por se interpor também entre os sonhos da esposa e o mundo. Amavam-se profundamente, e as decisões, como entre todos os que se amam verdadeiramente, eram partilhadas. Mas a partilha, quando moldada pelo receio, pode se tornar uma algema leve, quase invisível, mas firme.

Gaetano contentava-se, então, em recortar e colecionar as charges de Ângelo Agostini, que guardava em uma velha pasta de papelão com todo o zelo de um bibliotecário. Admirava aquele artista como quem venera um ídolo distante, quase mítico. E ainda que o admirasse, justificava-se a si mesmo, e aos outros, dizendo que Agostini era filho de uma célebre cantora lírica italiana, educado em Paris, refinado e já experiente quando aportara no Brasil para trabalhar em São Paulo. Era homem de mundo, dizia, e por isso fundara a Revista Illustrada, tornando-se voz temida e reverenciada no Rio de Janeiro.

Ele, Gaetano, era apenas filho de lavradores, imigrante pobre e sem nome, vindo ainda criança com seus pais e irmãos de Verona para uma cidade do interior no Brasil. Ainda que tivesse talento — e sabia que tinha — duvidava que pudesse competir com aqueles que vinham com sobrenomes sonoros e educação formal. E assim, o medo, disfarçado de prudência, o mantinha imóvel, enquanto o tempo, esse velho artesão invisível, ia costurando os dias de Guilhermina com linhas de resignação.

CAPÍTULO 18

Filhos do Ventre Livre

Em Barbacena, os tempos haviam mudado. Benguela, livre pela Lei dos Sexagenários, mas abandonado, pobre, velho e faminto. Morreu de fome, pouco tempo após a abolição. Viveu o bastante para ver o papel assinado pela princesa. Mas, vivera de esmolas e da caridade, e morrera pouco após, esquecido pelo mundo. Ninguém quis empregar um preto livre de tantos anos, com as costas arqueadas de tanto sofrimento e a alma exausta. Morreu de fome à margem da cidade, à sombra de um passado que ainda não cessara de pesar.

Já Rosa e Lázaro, que também haviam ajudado João e Luiza a fugir da fazenda de Santana, construíram uma pequena família sob o jugo do cativeiro: Cosme, Carmem e Cipriano nasceram ainda sob o regime escravocrata, mas seriam legalmente livres pela Lei do Ventre Livre, embora essa liberdade fosse mais palavra do que realidade.

Após a assinatura da Lei Áurea, Rosa e Lázaro fizeram como tantos outros: partiram. Com os filhos a tiracolo e um punhado de coragem, seguiram para o Rio de Janeiro — a Corte, a capital do Império e, agora, da recém-instaurada República.

Mas ali, naquela cidade que se queria europeia, a liberdade negra era recebida com olhos de desdém.

Ninguém queria pagar por braços outrora gratuitos. E se era para pagar, que fosse ao italiano recém-chegado, ao sírio que vendia tecidos e panelas, ao português que dominava os balcões.

— É preto livre demais pra pouco chão — disse certa vez um comissário de bairro, ao ver a chegada de mais uma família de retirantes.

Foi assim que Rosa e Lázaro foram parar no cortiço Cabeça de Porco, em meio a becos labirínticos, casas amontoadas e vidas entrelaçadas. Lá se cruzavam negros libertos, italianos de mãos calejadas, ciganos, judeus, sírios de sotaques cantantes. Dividiam o nada. E, entre gestos de solidariedade e faíscas de conflito, sobreviviam.

Lázaro tornou-se ambulante, vendendo pregos, sabão e agulhas em tabuleiros improvisados. Rosa, quituteira: fazia doces que sua filha levava para vender nos arredores da Praça Onze.

Nas noites de calor, Carmem ouvia as histórias contadas à luz de lamparina. Rosa falava de João e Luiza, do dia em que junto com Benguela ajudaram o casal a fugir, dos riscos corridos e do medo que sentira ao ouvir os gritos de Felício, o feitor. Carmem não conheceu Giovanni e Luiza, mas se encantava com a história contada por seus pais e trazia a coragem deles nos ossos.

Mas o tempo trazia ventos novos — e, com eles, a ordem de demolir. No dia 26 de janeiro de 1893, o cortiço Cabeça de Porco foi posto abaixo por ordens do prefeito Barata Ribeiro. A ação fora planejada com aparato militar e respaldo da imprensa. Para os homens do governo, a destruição do cortiço era símbolo de civilização. Para seus moradores, era o fim de um lar.

Na manhã da demolição, Cosme já se preparava para partir com sua jovem esposa, Esperança. Tinha dezoito anos, braços fortes e um olhar obstinado. Carmem, então com dezesseis, segurava a mão do irmão mais novo, Cipriano, enquanto Rosa recolhia às pressas os utensílios da cozinha.

— Mãe, e se a gente não tiver pra onde ir? — perguntou Carmem, com a voz embargada.

— A gente sempre teve o chão — respondeu Rosa, firme. — E o chão, minha filha, é mais nosso que o céu.

Cosme e Esperança seguiram para o Morro da Favela, recém-ocupado por ex-combatentes da Guerra de Canudos. Ali, a vegetação áspera da planta homônima dera nome ao lugar. Ali, no improviso e na precariedade, surgiam os primeiros contornos das favelas cariocas.

Já Rosa, Lázaro, Carmem e Cipriano buscaram abrigo no Morro da Conceição, vizinho à Gamboa, ao Largo de São Francisco da Prainha e à Pedra do Sal. Aquela era terra negra, chão sagrado, parte da chamada Pequena África — reduto de resistência, fé e cultura dos filhos do Atlântico.

No coração pulsante da antiga zona portuária do Rio de Janeiro, onde os trilhos da história se cruzavam com os do bonde e da dor, estendia-se, entre ladeiras cálidas e becos que exalavam suor, fumo e tambor, uma porção da cidade que não se via nos cartões-postais, mas que se ouvia — com o ouvido da carne e da memória. Chamavam-na, com certa poesia e reverência, Pequena África.

Foi Heitor dos Prazeres, esse poeta do pandeiro, que assim nomeou o território entre a Gamboa, Saúde e Santo Cristo, região que outrora recebera, pelo Cais do Valongo, o choro e o lamento dos que vinham acorrentados do além-mar, e que agora, na década de 1920, cantava sambas e contava histórias de resistência, em dialetos reinventados e batidas ancestrais.

A região era um palimpsesto de tempos e vozes: onde ontem se vendia gente, hoje se celebrava a sobrevivência. O Cais do Valongo, com sua pedra lavada por séculos de sangue e sal, era um altar não consagrado, onde se ouvia ainda o ranger dos grilhões e, ao mesmo tempo, o eco das rodas de capoeira, como se o corpo negro, antes preso, agora zombasse da história com a ginga do perdão insolente.

Por ali, os ex-escravizados e seus descendentes, não tendo herança senão o próprio corpo e a memória de seus deuses, fincaram raiz na cidade que lhes negara teto. Montaram suas casas com tábuas e bênçãos, seus terreiros com segredos e cantos, e suas vidas com trabalho, fé e batuque. A Pedra do Sal, outrora ponto de embarque e desembarque de sal — e de silêncios —, transformara-se em palco: palco de resistência, dança, canto e comunhão.

As noites ali eram vivas de outra matéria — não eram de luxo, mas de axé. Reunia-se o povo para rodas de samba que não precisavam de convites nem de cenário, apenas de um chão batido, um tambor que chamasse, e almas dispostas a rir de tudo que o mundo lhes negara. E se havia miséria nos bolsos, havia abundância no ritmo, no gesto, na palavra improvisada, como que em desafio aos salões engomados do Catete e às reverências da Rua do Ouvidor.

Era naquela Pequena África, alheia às etiquetas da Belle Époque, que o samba ganhava nome, corpo e rito.

Não vinha dos salões, mas da palma de mão calejada, do batuque de lata, do canto rouco da mulher que passara o dia lavando roupa. Era arte feita do real. Um canto que nascia com cheiro de angu e suor, que escapava da boca entre dentes falhos, mas que subia — como fumaça de feitiço — até as estrelas.

As festas religiosas, disfarçadas de devoção católica aos olhos da polícia, eram em verdade atos contínuos de celebração de Oxum, Xangô, Iansã, ali disfarçados em Nossa Senhora, São Pedro ou Santa Bárbara. O candomblé e a umbanda fincavam, com seus tambores e rezas, os pés firmes no chão que outrora recusara seus orixás, como quem crava um estandarte no território tomado de volta.

Nos botequins de esquina e nas casas do Largo de São Francisco da Prainha, sentavam-se malandros de chapéu inclinado, sambistas de paletó gasto, mães-de-santo e vendedores de amendoim, todos irmãos na carne e na cadência, bebendo a mesma pinga, reclamando dos mesmos políticos, compondo a mesma resistência em versos curtos e improvisados. Era o Rio invisível, mas autêntico. A parte da cidade que não fora construída por engenheiros, mas por sobreviventes.

E, como tudo que ousa resistir em terra hostil, a Pequena África não se deu por vencida. Apesar do racismo, da repressão policial, dos preconceitos de cima e dos esgotos a céu aberto, ali mantinha-se acesa a chama da ancestralidade, não como lembrança, mas como força presente, cotidiana e concreta.

E se o carnaval subia da Praça Onze para as avenidas do Centro, era ali, entre os barracões improvisados e os tambores de segunda mão, que ele nascia. A cidade podia fingir não ver, mas ouvia — e acabava por dançar também.

Sim, leitor: naquela cidade que sempre preferiu esquecer os filhos negros que a construíram, a Pequena África era a lembrança viva e desobediente. Um protesto feito de batuque. Uma prece que soava como música. Um território de dor que, por força do afeto e da memória, fez-se morada da alegria.

Ali ecoava ainda a memória de Dom Obá II — o príncipe negro da Corte, neto do Alafim de Oió. Guerreiro da Guerra do Paraguai, alferes de honra e amigo pessoal de Dom Pedro II, Dom Obá andava altivo pelas ruas, visitando o Paço como se estivesse em casa. Já morto em 1890, seu nome ainda reverberava entre os que o reverenciavam como símbolo de dignidade negra.

Foi nesse espaço — entre morros, terreiros, rodas de samba e antigos armazéns — que Carmem cresceu. Ela era fogo em movimento. Bonita, extrovertida, sagaz. Quituteira por ofício, sambista por alma. Frequentava o Largo de São Francisco, a Praça Onze e os terreiros da Pequena África. Transitava com naturalidade pelas rodas de lundu e samba com o mesmo vigor com que amassava a massa dos bolinhos de feijão.

Não conheceu Giovanni nem Luiza, mas ouvira tanto sobre eles que os tinha por parentes da alma. Na memória oral de sua família, a história da fuga do sapateiro italiano e da sinhazinha filha do Barão era contada como lenda — e inspiração.

Foi numa dessas noites de roda, ao som do pandeiro e do batuque, que conheceu Tia Ciata. Que ao provar seus quitutes e ouvir sua risada solta, se encantou.

— Menina, quem é tua mãe? — perguntou com curiosidade.

— Rosa. Rosa de Santana.

— Ah! — sorriu Tia Ciata — Então a valentia já vem no sangue.

Levou-a para o terreiro e fez-lhe a cabeça. Carmem tornou-se ekedi, servidora dos orixás e guardiã do axé. Queria ser baiana — ria dizendo isso. Mas era mineira.

— Oyá não escolhe sotaque — dizia Tia Bebiana, entre gargalhadas.

Ali, no seio da Pequena África, Carmem se fez mulher. Dividia o tempo entre os tabuleiros de comida, as rodas de samba, as festas religiosas e os sussurros da ancestralidade. Sabia da Pedra do Sal e do Cais do Valongo. Conhecia, de ouvir contar, os corpos dos pretos novos enterrados como lixo, as casas de engorda, os becos do Valongo onde outrora se vendiam homens.

— Cada passo que a gente dá aqui pisa em memória — murmurava ao irmão Cipriano, enquanto caminhavam pelo Cais da Imperatriz.

E ele, mais introspectivo, ouvia em silêncio. Cipriano tinha o olhar distante dos que carregam o mundo nas costas. Mais tarde, viraria ogã no terreiro da Conceição, tocando tambor e sustentando o canto das mães de santo.

A cidade mudava. As ruas eram alargadas, os cortiços demolidos, os pobres empurrados para os morros. O Rio de Janeiro queria parecer Paris. Mas a favela surgia como resposta, como ferida e como grito.

Foi nesse novo mundo, feito de exclusão e

reinvenção, que os filhos do ventre livre se tornaram o elo entre o passado e o porvir. Herdeiros da dor, artífices da esperança. E ali, entre batuques, resistências e sonhos, os passos de João e Luiza continuavam, invisíveis, mas vivos — entrelaçados aos de Carmem, Cipriano, Cosme, Rosa e Lázaro.

Enquanto isso, no interior, Maria, já moça, apaixonou-se por José, filho de Vincenzo e Magdalena, sicilianos que chegaram a Mar de Espanha junto com a família de Gaetano, marido de sua irmã. José era jornaleiro e tímido, mas forte como carvalho. Casaram-se em 1907, numa missa simples. Em 1909, nasceu Eulandina, a primeira filha do casal.

Maria dizia que a filha tinha os olhos do avô Giovanni e os pés inquietos de Luiza. Eulandina aprenderia a falar italiano antes do português.

Américo, já adolescente, falava com os olhos brilhando:

— Quando eu crescer, vou pro Rio. Quero ver o mar, os bondes, os prédios altos. Quero ser grande.

Luiza sorria, mas seu sorriso tinha sombra. Sabia que o mundo era maior do que Mar de Espanha, mas também sabia que os que se aventuram nem sempre voltam.

Ele sonhava com algo mais do que plantações de café em fazendas, couro, tecidos e ferrovias. E o destino, que escutava suas preces silenciosas, já soprava seu nome nas esquinas do futuro, numa tempestade de vento forte junto ao mar.

CAPÍTULO 19

Vida nas Sombras

Entre os anos de 1910 e 1930, a cidade de Mar de Espanha continuava envolta por montanhas e memórias. José, primogênito de João e Luiza, seguiu como alfaiate, pai de oito filhos com Alayde, sua dedicada esposa. Seus filhos nasceram entre 1904 e 1923: Amílcar, Mariazinha, Zezinho, Carminha, Orminda, Climene, Geraldo e Joãozinho.

A doença veio como sombra lenta. A tuberculose o consumiu devagar, até transformá-lo num vulto de si mesmo. Em 20 de julho de 1927, internado na Santa Casa de Misericórdia, faleceu de caquexia tuberculosa aos 54 anos, cuidado por seu irmão Alfredo. O óbito foi atestado pelo Dr. Coryntho e declarado por Francisco, amigo da família. Foi sepultado no Cemitério Municipal da cidade. Alayde, aos 44, ficou viúva com oito filhos, terminando de criá-los sozinha, com o apoio financeiro esporádico de Alfredo.

Alfredo, anos antes recebera uma proposta de um médico mais velho, admirador de seu trabalho, para estudar medicina no Rio de Janeiro. Esse médico, também homossexual, casado que vivia nas mesmas condições, seu amante, arcou com os custos dos estudos e de sua mudança com Cândida e José Roberto.

Seu caminho, no entanto, nunca fora simples.

Carregava consigo o peso silencioso de uma identidade que não podia confessar. Foi ainda jovem, trabalhando como auxiliar de enfermagem na Santa Casa de Misericórdia, que chamou a atenção de um distinto médico carioca, quinze anos mais velho. A afinidade entre eles se estabeleceu com rapidez, feita de olhares longos, conversas discretas e silêncios compreendidos. O médico, casado e vivendo as mesmas sombras que Alfredo, ofereceu-lhe uma oportunidade rara: patrocinar seus estudos de medicina no Rio de Janeiro.

A proposta incluía também a mudança de sua esposa, Cândida, e do pequeno José Roberto, seu filho — embora os rumores jamais cessassem completamente quanto à natureza daquela relação. Com o apoio financeiro do médico — que por muitos anos seria seu amante secreto —, Alfredo partiu para a capital com a firme disposição de reconstruir a própria história sob o véu da respeitabilidade.

Na cidade do Rio de Janeiro, formou-se médico com distinção e granjeou respeito em sua profissão. Tornando-se referência entre os pares e modelo de honra entre os vizinhos. Construiu uma vida de aparente estabilidade e sucesso. Ao longo dos anos, teve mais três filhos com Cândida, manteve uma casa bem-posta e parecia cultivar uma vida estável e digna. No entanto, por trás da fachada de médico dedicado e pai de família exemplar, Alfredo carregava segredos que o corroíam silenciosamente.

Naquela época, a Lapa era onde no interregno nervoso entre a República Velha e os presságios da modernidade, o local onde Rio de Janeiro dançava sua valsa mais atrevida e descompassada. Não era uma dança de salão, dessas ensaiadas nos salões dos sobrados da Glória; tampouco era uma valsa de passos medidos. Era um rodopio febril, feito de samba, chorinho, suor, cigarros acesos e copos suados, numa cadência onde se misturavam o vício e a virtude, a arte e o ardil, a poesia e a devassidão.

A Lapa não era só bairro: era estado de espírito. Ali, entre os arcos altivos do velho aqueduto, que de dia conduziam o bonde e de noite pareciam vigias de um teatro ao ar livre, a boemia carioca estendia seu tapete de misturas, onde malandro e poeta dividiam o mesmo banco, e a mesma morena sorria tanto para o músico quanto para o advogado — ambos vencidos pela madrugada.

As ruas de paralelepípedos, sempre molhadas de orvalho, cerveja e promessas não cumpridas, conduziam o passante entre os bares de luz baça, as casas de jogo de cortina pesada, os cabarets de risada fácil, e os botecos onde o samba nascia de improviso. Em cada mesa, um drama. Em cada esquina, uma canção.

A música era o pulso da Lapa. Não havia noite sem chorinho magoado, cavaquinho buliçoso, violão que soluçava ou ria, conforme o gosto do tocador. Os sambistas, ainda sem partitura, aprendiam por ouvido, por instinto, e ensinavam ao mundo que a tristeza também pode ser ritmada. João da Baiana, Pixinguinha, Donga — nomes que já soavam como lendas — por vezes surgiam sem anúncio, subiam ao pequeno tablado improvisado e faziam calar até as fichas da roleta.

Mas nem só de música vivia a Lapa. Era também terra da carne ofertada, das mulheres de olhar demorado e batom forte, e também de homens, porém de forma mais discreta, as vezes não, que desciam as escadarias com passos seguros, como quem pisa em altar profano. A prostituição, embora sempre à margem da legalidade, era ali parte da mobília moral do bairro. Não se escondia: pendia das janelas, soprava beijos, piscava luzes vermelhas. Era uma troca silenciosa de desejos e moedas, que a moral oficial fingia não ver enquanto passava de carruagem.

Havia também os jogadores profissionais, homens de bigode fino e olhos semicerrados, que entravam nas casas de jogo como quem entra na igreja: com reverência e cálculo. Jogava-se o que se tinha — dinheiro, dignidade, até a aliança da esposa — e ganhava-se, quando muito, a ilusão de que o destino podia ser domado a cartas.

A Lapa, com tudo isso, era ecumênica. Mestiça, anárquica, sensual e ritmada, acolhia o vendedor de jornais, o malandro de paletó de linho amassado, o escritor à cata de inspiração, a francesa decadente de olhos pintados, o bicheiro de palito de dente ao canto da boca, e até o moço de boa família, que, entediado do jantar com os pais em Laranjeiras, ia buscar o que chamava de "vida verdadeira" entre as pernas da cidade.

E o mais curioso, caro leitor, é que nada disso se desfazia com o dia. Ao nascer do sol, os bares fechavam seus postigos com o cansaço de um pecado cometido e as calçadas varriam as cinzas da última madrugada. Mas havia, nos resquícios da noite, um perfume de eternidade. A Lapa não dormia — apenas cochilava, como um gato malandro, à espera da próxima lua.

E assim se fez a Lapa dos anos vinte: espelho torto da cidade, vitrine iluminada da alma carioca, que, entre uma marcha e um samba, entre uma tragada e uma lágrima, se permitia existir à revelia das convenções. Ali, mais do que bairro, respirava o Rio que não pedia licença, e que, mesmo sabendo-se efêmero, insistia em ser inesquecível.

Na década de 1920, quando o Rio de Janeiro entornava-se em luz elétrica, passos apressados e promessas noturnas, havia, sob o véu espesso do moralismo urbano, um outro comércio de corpos, menos celebrado, menos visível, mas nem por isso menos real: o dos homens da noite.

Enquanto as polacas de Laranjeiras e as mulheres de Vila Mimosa e do Mangue desfilavam suas curvas e seus sorrisos nos prostíbulos já quase folclóricos, decorados com cortinas vermelhas e perfumes franceses, a prostituição masculina acontecia em tons baixos, corredores estreitos e olhares rápidos, como se a cidade, embora entregue aos excessos, ainda exigisse deles um tipo de pudor que não cobrava das mulheres.

Era nos arredores da Praça Tiradentes, entre teatros de revista, cafés de artistas e salas de ensaio que se desenhava esse cenário ambíguo, onde a arte e o desejo se tocavam com dedos cautelosos. Ali, no vaivém dos dândis de cabelo brilhantinado, dos poetas sem editor, dos atores de voz aveludada e dos jovens trajados em ternos justos e colarinhos de engomar fatigado, operava-se um teatro dentro do teatro: o das relações por conveniência, por encanto, por necessidade ou por solidão.

Havia também os malandros, esses personagens de calça engomada, sapato de bico fino, e olhar astuto, que recusavam o trabalho fixo como quem recusa a prisão. Viviam de jogo, bicho, cafetinagem, gigolagem e também, o que não era raro, de favores e carícias vendidas a homens ricos, às vezes políticos, outras vezes diplomatas ou comerciantes — homens de família e reputação, que se aventuravam por esses becos escusos como quem entra num confessionário invertido.

E se a prostituição feminina já escandalizava os jornais e preocupava as senhoras da sociedade, a masculina era tratada com um silêncio ruidoso. Sabia-se, mas não se dizia. Viam-se os rapazes bem-vestidos que frequentavam os cafés da Rua do Ouvidor, os camarins do Teatro São Pedro, os quartos discretos de pensões nos arredores do Passeio Público, mas sobre eles recaía o manto da invisibilidade respeitosa do escândalo não declarado.

Era uma época em que a cidade parecia temer o corpo masculino fora do trabalho. A masculinidade, naquele tempo, exigia a espada do ofício, a rigidez da compostura, a sombra do lar. E toda expressão que se afastasse disso — sobretudo a que se insinuava pelo campo do desejo — era tratada como desvio, perigo ou loucura. A presença crescente das mulheres no espaço público — suas saias mais curtas, seus cabelos cortados, seus cigarros nos dedos — gerava ansiedade nos homens, e talvez por isso a prostituição masculina permanecesse à espreita, como ameaça e refúgio ao mesmo tempo.

E no entanto, os travestis, já então visíveis nas noites do Rio, desfilavam nas casas noturnas da Lapa, com suas roupas femininas, seus trejeitos e seus nomes reinventados, desafiando as normas com um misto de coragem e melancolia. Eram parte do mesmo ofício noturno, vendendo beijos, segredos e ilusões aos que pagavam pelo que a sociedade lhes negava em voz alta.

O dinheiro trocava de mãos, como nos bordéis

convencionais, mas o que se comprava era também silêncio, cumplicidade e, muitas vezes, o direito de esquecer-se por algumas horas do que se era, ou do que se fingia ser. Os rapazes da noite — como os chamavam os poucos que ousavam nomeá-los — sabiam disso. Sabiam que não eram apenas corpos à venda, mas figuras simbólicas de um desejo que a cidade, embora moralista, nunca deixou de abrigar entre os seus arcos e sombras.

E assim, entre becos e bastidores, se tecia essa outra cartografia do prazer, onde os homens se vendiam sem alarde, e os compradores caminhavam com passos leves, como quem sabe que pisa num terreno de silêncio. A história da prostituição masculina no Rio é essa: não de ausências, mas de presenças caladas; não de inexistência, mas de sobrevivência velada, num mundo que preferia não vê-los — mas que, noite após noite, batia às suas portas.

Desde jovem, Alfredo sentia-se diferente, mas nunca encontrara espaço para compreender ou expressar sua verdadeira identidade. A sociedade da época, marcada por rígidos padrões morais e repressão à diversidade, não permitia desvios da norma. Assim, Alfredo sufocava seus desejos, mergulhando no trabalho e na vida familiar.

Por trás da fachada irrepreensível, Alfredo vivia dividido entre a obrigação e o desejo, entre o papel que a sociedade lhe exigia e o que seu coração, calado, ansiava. Desde sempre se sentira diferente, mas nunca houvera espaço para compreender-se. A rigidez moral da Primeira República, ainda impregnada de valores oitocentistas, não permitia desvios, tampouco perguntas.

A morte de seu amante, um homem mais velho com quem vivera um amor clandestino, o médico carioca que lhe abrira as portas da profissão e da cidade, o abalou profundamente. Sem ele, Alfredo mergulhou em uma solidão surda e profunda. Passou a frequentar a zona boêmia em segredo, como vício. Vagando, à noite, buscando encontros fugazes e clandestinos com jovens, malandros e michês, em quartos alugados por hora ou em becos úmidos onde a moral não alcançava. Sem ter com quem compartilhar sua dor, ele passou a buscar consolo nas noites do Rio de Janeiro.

Frequentava a Praça Tiradentes e a Lapa. Nos bares e cabarés, encontrava homens que, como ele, viviam à margem da sociedade. Na Região. Madame Satã, lendário transformista e capoeirista desafiava as convenções de gênero e enfrentava a repressão policial com coragem e irreverência. A Lapa, nas décadas de 1910 e 1920, era o coração pulsante da boemia carioca. Lugar de interseções — sociais, étnicas, culturais e morais. Lá, sambistas como Donga e Pixinguinha tocavam para aristocratas entediados, prostitutas dividiam mesas com estudantes e os cabarés fervilhavam entre danças e denúncias. Foi nesse cenário que Alfredo, então doutor, passou a buscar consolo. Um consolo que não cabia na luz.

Foi numa dessas noites, após sair de um antigo bar da Rua Maranguape próximo aos Arcos, que conheceu Miguel.

Miguel era pernambucano, negro, com pouco mais de trinta anos, conhecido na região por sua agilidade e astúcia. Tinha um estilo inconfundível: calças alvas, paletó de linho bem cortado, camisas de seda e um chapéu panamá que parecia extensão do próprio corpo. Sobrevivente nato, Miguel jamais se submetera a trabalho fixo. Sua força estava na palavra rápida, nos passos ligeiros e na capacidade de ler as pessoas com o olhar.

Entre eles nasceu uma amizade curiosa. Não havia desejo por parte de Miguel — e Alfredo, embora marcado por uma paixão silenciosa, respeitava isso. O vínculo entre ambos crescia na base da confiança e da escuta.

— Doutor — dizia Miguel, rindo, entre um gole e outro de cachaça num cabaré —, se a vida tá lhe batendo tanto assim, é porque tu aguenta. Tu é mais forte do que pensa.

Nas madrugadas da Lapa, entre os ecos dos cabarés, bares e prostíbulos os dois dividiam confidências. Miguel contava histórias de quando era menino no interior de Pernambuco, Alfredo falava de seus conflitos internos, de sua profissão e de sua família. Jamais ousou confessar toda a sua verdade a Cândida. E se algum dia ela suspeitou — como só as mulheres inteligentes suspeitam —, manteve-se calada, como se o silêncio fosse a mais doce das caridades.

Alfredo, contudo, sabia que aquilo não podia durar. A vida dupla tornava-se cada vez mais difícil de sustentar. O desgaste emocional era visível em seus olhos fundos, nas mãos que tremiam ao escrever receitas. No consultório, era o médico respeitado. À noite, era um homem perseguido por si mesmo. Mantinha essas incursões em segredo para sua família no Rio de Janeiro, e volta e meia ia a Mar de Espanha para visitar sua cunhada viúva e filhos como se nada estivesse acontecendo.

No entanto, sua vida dupla tornou-se insustentável. Em uma noite chuvosa, seu corpo foi encontrado em um beco da Lapa, com sinais de violência. As circunstâncias de sua morte foram abafadas, oficialmente registrada como latrocínio, mas rumores sobre sua vida secreta circularam silenciosamente. Especialmente entre os frequentadores da boemia — Alfredo não fora vítima de um simples assalto. Fora morto por ser quem era.

Poucas semanas depois, Miguel foi encontrado esfaqueado na Rua dos Barbonos, uma viela pouco iluminada onde os encontros noturnos se faziam às pressas. Também o caso foi encerrado sem investigação. Era apenas mais um malandro morto na noite do Rio. Nenhuma ligação oficial foi estabelecida entre os dois crimes. Mas os que conheciam a história — aqueles poucos que sabiam e preferiram calar — compreendiam o nexo oculto entre ambas as mortes.

A Lapa seguiu pulsando, indiferente. A música continuou a tocar. Madame Satã, capoeirista e transformista, ainda enfrentava a polícia com sua teatralidade feroz. Sete Coroas, velho guerreiro dos cabarés, seguia protegendo os artistas e malandros. Mas entre os que vinham e iam, poucos lembravam do doutor de olhos tristes que ali caminhava entre as sombras.

Deixou Cândida viúva com quatro filhos em boas condições. Herdou uma situação financeira confortável, fruto do trabalho de Alfredo. Que deixara tudo em ordem — como quem antecipa o fim.

Em Mar de Espanha, onde pouco se sabia sobre sua vida na capital do país, recebeu homenagem póstuma: Sua memória foi preservada com a nomeação de uma das principais ruas da cidade, uma tentativa de manter viva a imagem do antigo e dedicado enfermeiro da Santa Casa de Misericórdia da cidade e médico respeitado e considerado no Rio de Janeiro, ocultando as complexidades de sua verdadeira história. Era o modo que a memória coletiva encontrara para homenagear o filho ilustre — o médico, o irmão dedicado, o pai presente. A verdade, como quase sempre, foi enterrada com ele.

CAPÍTULO 20

O Fim do Império da Manteiga

Quando o sino da Catedral repicou as badaladas da manhã, o corpo de Nicola já estava frio. Morrera como viveu: sem alarde, sem festa, sem confissão. A criada o encontrara deitado, com os olhos semiabertos e um bilhete antigo segurado apertado na mão. Nele, apenas poucas palavras, escritas com caligrafia irregular: "Seu irmão Giovanni está morto. Luiza".

O rei dos laticínios, como era chamado nos círculos comerciais da cidade, não resistira ao inverno tardio e à pressão acumulada de uma vida inteira guardada em silêncios e contabilidades. Deixou para trás o pequeno império que construíra com unhas, mapas e manteiga — literalmente. Seus filhos, reunidos ao redor do caixão coberto por flores brancas e uma faixa tricolor da Itália, não sabiam bem o que sentir. Respeito, sim. Amor, talvez. Gratidão? Isso dependia do ponto de vista.

Na sede da antiga fábrica, a marca "Pastor" ainda brilhava na pintura desbotada do letreiro. No depósito, os resfriadores de leite, formas de manteiga e queijo estavam cobertos com panos brancos, como se o luto também se aplicasse às máquinas. A fábrica, outrora orgulho da família, agora era um peso a ser negociado.

— Papai deixou tudo organizado — disse Marco, o filho mais velho, passando os olhos pelos livros pretos de caixa. — Mas o tempo dele acabou.

E foi assim, entre folhas timbradas e cafés frios, que decidiram vender. Os herdeiros se dispersaram como leite entornado: uns para Niterói, outros para Petrópolis, Nélson o neto mais velho, veterinário e oficial do Exército, queria que tudo fosse logo resolvido, pois queria agilizar sua transferência para Porto Alegre e usar parte da herança para se estabelecer lá. Uma das suas filhas queria ir com o Marido para Petrópolis, um lugar tranquilo e bonito, queria terminar seus dias lá. Os que foram para o Rio de Janeiro escolheram o bairro da Glória, símbolo de ascensão e estabilidade para os italianos da segunda geração. Lá, entre sobrados de cantaria e bondes preguiçosos, o nome de Nicola sobreviveu nas lembranças confusas dos mais velhos.

Enquanto isso, em Mar de Espanha, a vida seguia de outro modo, mais morno, mais miúdo, mas não menos profundo. Eulandina, filha de Maria e neta de Giovanni e Luiza, costumava caminhar até a antiga estação nos fins de tarde, só para ver os trilhos reluzirem sob o sol poente. Dizia que o som do trem era como um aviso de que o mundo era maior do que aquele vale. E ali, entre os silêncios da montanha e os rumores do vento, ela sonhava.

Foi numa dessas tardes que David a viu pela primeira vez — o engenheiro recém-formado de Juiz de Fora, filho de judeus da antiga Prússia, com o olhar carregado de método, mas o coração desorganizado por dentro. Tinha vindo acompanhar uma obra de drenagem nos arredores da cidade, mas encontrou em Eulandina algo que não constava em nenhum projeto técnico: a ideia de futuro.

Ela falava com clareza e doçura. Tinha o tom de voz das mulheres que carregam fé nos gestos e argumentos na alma. David, acostumado ao rigor dos cálculos e ao silêncio dos pais, sentiu-se acolhido naquela casa onde se cozinhava feijão grosso, pendurava-se roupa em varal de sisal e se falava de santos com familiaridade. Maria, sua futura sogra, observava mais do que falava. Sabia que a filha o amava. E, embora torcesse o pano da pia com força a cada visita do rapaz, nada dizia.

— Ele é bom — disse Eulandina certa vez, enxugando um prato. — Mesmo sem cruz no peito, tem bondade nos olhos.

Maria suspirou, olhando para a lamparina.

— A bondade é o que resta quando a fé já não explica. Se ele for firme, minha bênção ele já tem. Mas o mundo não é sempre tão justo, minha filha.

E não era. Em Juiz de Fora, os pais de David resistiam. Não gritavam, não negavam abertamente — mas deixavam no ar um incômodo que doía mais do que palavras. Isaac, o pai, homem de sobrancelhas cerradas e rigidez germânica, disse apenas:

— Uma moça cristã? Neta de italianos?

Míriam, mais terna, ensaiou um sorriso desconfortável:

— Eulandina parece boa. Mas... será que entenderá e seguirá o Shabat e as outras tradições?

David respondeu como quem já havia escolhido:

— Ela entende o que é sagrado, mesmo que por outro nome.

O tempo cuidou do resto. Na casa não se falava

em conversão. Na dos sogros, não se exigia que a moça mudasse de fé. O que nasceu foi um casamento no meio do caminho: com véu bordado pela tia de David, flores colhidas por Elisa, a irmã mais nova de Eulandina, e duas bênçãos — uma dada pelo rabino num domingo, outra pelo padre num sábado. Deus, ali, não escolheu idioma. E se escolheu, falou por gestos.

A festa foi num salão simples, com comida kosher, risos discretos e um bolo que desabava nas bordas. Amaram-se como quem respeita o que não entende por completo. David, metódico e doce, ensinou Eulandina a ler o hebraico das orações. Ela, por sua vez, lhe ensinou os nomes dos santos e o gosto do café passado no coador de pano.

Anos depois, quando caminharam juntos pelo Passeio Público, já como visitantes no Rio de Janeiro, ela segurava sua mão com a mesma firmeza com que segurava a panela no fogão. Viram crianças de todas as cores correndo sob as árvores. Ela se deteve. Observou a mistura que se espalhava pelas alamedas como tinta sobre tela molhada.

— Nosso filho — disse, com um leve sorriso — vai correr por aqui um dia. Com nome duplo. Com fé livre. Com história longa.

David apenas apertou sua mão, como quem confirma uma promessa antiga.

E numa esquina da Juiz de Fora, sob uma placa de rua com o nome de Nicola, um velho vendedor de pipocas de chapéu torto e uma obturação de ouro, dizia a quem quisesse ouvir:

— Esse nome aí? Foi um homem que fez manteiga

virar sobrenome. Mas nunca soube o que é amar, como seu irmão sapateiro.

Eulandina não ouviu. Não estava lá. Mas teria sorrido, se ouvisse.

CAPÍTULO 21

A Herança de Giovanni

Quando Luiza morreu, a cidade de Mar de Espanha amanheceu mais cinzenta, como se as nuvens tivessem se ajoelhado sobre os telhados. Não houve cortejo, nem flores em demasia, apenas o necessário: um caixão simples, os filhos ao redor, e um silêncio carregado de memórias.

Foi Américo quem segurou a mão da mãe até o fim. Sentado à beira da cama, ouviu dela as últimas palavras como se fossem orações:

— Seu pai... nunca teve medo de "amar errado".

E junto às palavras, vieram os segredos. Emoldurados por décadas de silêncio e costurados com paciência. João — ou Giovanni — não fora apenas o sapateiro que todos conheciam. Fora um fugitivo, um estrangeiro, um homem que ousara amar para além das linhas da ordem social. E Luiza, sua mãe, fora a moça que dissera "não" a um império familiar para dizer "sim" a um homem com calos nas mãos.

Depois que a casa silenciou, Américo vasculhou o baú antigo. Entre panos amarelados e papéis de batismo, encontrou um pedaço gasto de couro velho. Trazia, gravado com um prego, o que parecia ser uma palavra mal cortada: "passi". Ele alisou a superfície com os dedos. Não era um nome. Era um caminho. Era o gesto de seu pai, mais eloquente do que qualquer testamento.

Poucas semanas depois, com o pedaço de couro na bagagem e o luto ainda úmido no peito, Américo partiu para o Rio de Janeiro. Tinha vinte anos e um passado que pesava como mochila invisível.

A capital da República não o esperava com tapete vermelho. Era 1920, e o Rio — ou o que dele restara depois das reformas de Pereira Passos — era um corpo dividido. Pela frente, era avenida larga, iluminação elétrica, jardins e fachadas francesas. Por dentro, era esgoto, cortiço, favelas nos morros e miséria.

Na Freguesia Sant'Anna, lugar de passagens, de permanências forçadas e de esperanças em desalinho. A Rua Senador Pompeu nervosa, suja, confusa e viva de vozes e carroças, era como uma costura torta entre o passado colonial e o presente truncado da República. Ali, no número apagado de uma estalagem modesta, Américo se instalou — um recém-chegado entre tantos outros, engolido pela cidade que cuspia luxo por um lado e miséria por todos os outros.

O quarto não era grande. Três metros por três, talvez — medido a olho, pois régua ali, só a do tempo. Dava para o corredor por uma porta de madeira carunchada e possuía uma janela cega, que se abria — ou se fingia de aberta — para uma parede nua, sem reboco, sem esperança.

Contava-se ali, além de uma cama de solteiro de ferro já curvado pelos anos, com um colchão que rangia como se reclamasse do passado de cada hóspede; uma cômoda bastante cansada da vida, a quem já faltavam os puxadores; um baú largo, que parecia guardar não roupas, mas segredos; dois tamboretes de madeira crua, malacabados como pressa de marceneiro desleixado; uma arara com quatro cabides de arame; e uma mesa diminuta onde repousava, como um nobre em exílio, um jarro de louça branca destinado à água. O ar, esse, era espesso de mofo e umidade — como se o tempo ali houvesse parado para adoecer em paz.

Ao lado, vindos de quartos apertados, sons de crianças tossindo, casais discutindo baixinho e mulheres cantando para si mesmas. Um mundo inteiro cabia ali naquele cortiço — mas mal cabia de pé.

O banheiro era um só e de uso comum, o que, para os padrões da estalagem, era antes uma característica que um defeito. O mesmo atendia aos oito quartos — que abrigavam bem mais que oito almas, dependendo do dia e do horário.

O aluguel pagava-se de mês em mês, sem perdão de datas; já o uso das tinas, essas companheiras das lavadeiras, era cobrado por dia, como quem vende migalhas de conforto. Cada tina, com água e tudo, custava trezentos réis — o sabão, note-se bem, vinha à parte e por conta do freguês. Tudo claro, pago adiantado.

A região toda parecia ter sido talhada no escuro, moldada com a paciência dos que aprendem a esperar. Cortiços se empilhavam uns sobre os outros, como livros de má leitura. As janelas, cobertas de panos ou muxarabis carcomidos pelo tempo, expunham tanto quanto escondiam: lençóis secando, crianças de olhar alerta, mulheres cansadas, homens de voz baixa e costas largas.

Sant'Ana, resistia ao tempo e à ordem. Tinha, é

verdade, sido ferida pelas reformas de Pereira Passos, que rasgaram avenidas e derrubaram morros como se fossem obstáculos morais. Mas ali, a vida persistia — compacta, quente, amontoada, como o hálito de quem divide cama e prato.

Na Praça Onze, vendia-se de tudo: angu, esperança, sapatos de segunda mão, nomes falsos, remédios milagrosos. E havia também os ciganos, com olhos que pareciam ler o destino mesmo quando não diziam palavra. Havia os negros libertos, que cozinhavam para os outros e ainda limpavam o que ninguém mais queria tocar. Havia os imigrantes, os portugueses malhumorados, os italianos de fala atravessada, e os mestiços de tudo, sem origem definida, sem pátria fixa, mas com residência no improviso.

A Freguesia de Sant'Ana era, enfim, a região do Centro do Rio de Janeiro daqueles que carregavam o mundo nas costas, mas que não deixavam de rir à noite. Um riso cansado, mas firme. Um riso que dizia: "ainda estamos aqui".

E era nesse riso, nesse murmúrio abafado da cidade que não cabia em si mesma, que Américo encontrou espaço. Não era lar — era refúgio. Não era honra — era resistência. Dormia com o som do barulho da rua e das brigas de parede fina, acordava com o cheiro de café, misturado ao de mofo e de sabão molhado que vinha de fora. O céu, entre os telhados, era sempre uma promessa distante. Mas havia chão. E havia passos. E, para quem chegou de longe, isso já era muito.

Durante o dia, ele batia perna no comércio. Primeiro, tentou vender escovas, pentes e espelhinhos. No fim, achou sua sina: ambulante de pães, doces e balas.

Aprendera com o pai a medir com exatidão — fosse o tamanho de um salto, fosse a medida de um pedaço de rapadura.

Na Praça Onze, entre os bondes que raspavam as pedras e os gritos dos quitandeiros, conheceu Cosme.

Foi assim: Américo ofereceu um pedaço de rapadura num papel de embrulho. Cosme, com seu chapéu torto, sorriso largo e pés descalços, apontou para os pés dele e disse:

— Sapato bom esse. Coisa de quem sabe do couro.

Américo sorriu:

— Meu pai era sapateiro. De Mar de Espanha.

— Mar de Espanha? — Cosme arqueou a sobrancelha. — Fica em Minas não é? Foi lá que eu nasci, em Barbacena. Meus pais falavam de lá. E, de um casal de uma fazenda, quando eram escravos.

Não aprofundaram naquele dia, Américo não relacionou isso a seus pais naquele momento. Viraram amigos por afinidade, não por história. Trabalharam lado a lado nas ruas, dividindo espaço, freguesia e sombra. Américo vendia pães e doces. Cosme, miudezas: alfinetes, dedais, agulhas e linhas. Riam juntos, discutiam preços, e às vezes iam para os quiosques que margeavam as esquinas da Praça Tiradentes, Lapa, Saúde e Praça Onze para afogar as mágoas. Num deles conheceram Youseff, comerciante de tecidos, dono de uma loja na Praça Onze, imigrante de origem sírio-libanesa de fala arrastada e olhar atento.

Youseff gostava de Américo. Achava nele algo que faltava nos outros: postura. Contratou-o para ajudar em sua loja, vendendo tecidos e botões, e, quando o movimento era fraco, deixava que ele lesse os jornais velhos empilhados no canto. Foi ali que Américo descobriu o nome de Pereira Passos, e das reformas e das expulsões — e viu o quanto o progresso tinha dentes afiados.

Era 1920, e a cidade do Rio — tão dada às reformas, às avenidas e aos desmontes — não conseguia ainda sepultar o que de mais humano brotava das suas beiradas. E se havia um lugar onde o mundo parecia caber em poucos metros quadrados, esse lugar era a loja de Youseff.

Chamavam-na, por convenção, de loja de tecidos e aviamentos. Mas só um desavisado poderia cair nessa armadilha do nome. A verdade é que o estabelecimento de Youseff era um armarinho de tudo e mais um pouco, um amontoado pitoresco de cor, conversa, fiado e cheiro de café quente. Vendia-se tecido, agulhas, linhas e botões, sim, mas também vendia-se esperança, pendurada em ganchos como colares baratos, enrolada como tapetes ou dobrada em cortinas de qualidade e gosto duvidosos.

Era meio feira-livre, meio mercado persa, com um quê de confessionário e um leve clima de circo. Nas prateleiras, botões e broches disputavam espaço com penicos e canecos esmaltados, camisas e lenços bordados. Havia bijuterias que brilhavam como promessas falsas e panelas que entortavam no primeiro uso. Mas tudo ali tinha dono, uso e destino. E a quem soubesse olhar, aquele lugar era um espelho da própria cidade: bagunçado, generoso, oportuno.

Youseff, o dono, parecia saído de outra história — de um conto antigo narrado à beira de uma lareira no Líbano. Homem de estatura média, uma espécie de gorro de feltro vermelho na cabeça que ele chamava de "chéchia", barba bem cuidada, sorriso cheio de consoante e perfume doce. Falava um português de sotaque carregado, que parecia dançar entre os preços e os provérbios. Era carismático, afável, mas dono de uma astúcia ancestral. Negociava como quem reza — com paciência, firmeza e fé. No balcão, era ao mesmo tempo patrão, contador e psicólogo. Sabia o nome das filhas das freguesas, o remédio que o marido tomava, a dívida que o filho fazia.

Américo foi aceito ali, apenas com a palavra empenhada. Porque no mundo de Youseff, a palavra era contrato, a honra era documento, e o café era cerimônia. De preferência temperado com anis.

Naquela tarde, Américo viu, pela primeira vez, as filhas de Youseff passarem com seus lenços e túnicas. Caminhavam com leveza, como se o mundo fosse um segredo que só elas sabiam. Não falavam muito com estranhos, mas cumprimentavam com os olhos, como quem respeita o espaço do outro e guarda o próprio. A esposa, coberta com os mesmos trajes, trazia nas mãos uma bandeja com xícaras e biscoitos — e ofereceu-lhe café sem perguntar seu nome. Era um gesto, mas parecia um rito.

Américo, ali dentro, sentiu-se um estrangeiro — como seu pai no dia em que pisou no Cais da Imperatriz pela primeira vez. Mas também sentiu-se acolhido. Porque naquela mistura de cheiros e sons, naquela língua estranha e português malpronunciado, ele reconheceu a condição de imigrante de seu pai no passado. E entre a venda de uma mercadoria e outra naquele caldeirão étnico que era a Praça Onze, passou a entender que o mundo era feito de muitos mundos, e que cada contato com uma pessoa nova, cada gesto, as vezes por mais que silencioso e contido que seja — era uma história que resistia.

E assim se seguiam os dias Américo em seu trabalho na loja. Entre rolos de linho e conversas de família em árabe, que ele não entendia, aprendeu que o comércio podia ser cultura, que a mesa de fiado podia ser um altar, e que vender não era só trocar mercadoria — era trocar confiança.

E ali, entre bugigangas e bênçãos, o rapaz de mãos abertas encontrou, pela primeira vez, um lugar longe de casa onde se podia ficar — mesmo sem pertencer por inteiro.

Lá o trabalho começou como começam as coisas que importam: sem aviso e sem grandiosidade. Em um lugar onde se misturavam tantas línguas, cheiros, moedas e vontades, agir sem ver era tropeçar sem perdão.

A loja acordava cedo. Youseff a abria como quem dá bom-dia ao mundo, cheirando a anis e café. As mulheres da casa também já estavam de pé — invisíveis, mas presentes. Américo as via passar em silêncio, entregando coisas a Youseff, limpando balcões, dobrando tecidos. Nunca soube ao certo seus nomes. Mas aprendeu a reconhecer a maneira como cada uma dobrava o pano. Havia ali uma delicadeza que ele nunca vira em parte alguma.

À tarde, a loja enchia. Gente de toda espécie: lavadeiras, costureiras, moças em busca de botões, velhos à procura de conselhos. Havia também os que vinham apenas pelo café e pela conversa. Youseff nunca negava. Servia a bebida quente com um sorriso de lábios grossos, oferecendo também um provérbio, uma história, uma lembrança de Beirute ou Damasco. Negociava com ternura e firmeza. Abaixava um vintém, mas ganhava dois em gratidão.

Américo logo entendeu o jogo. Não se tratava só de vender. Era preciso escutar o freguês como quem lê um livro antigo, identificar o pano certo como quem receita remédio, saber quando rir e quando calar. Não demorou a ser querido. As freguesas gostavam de seu jeito educado, de sua voz baixa, de suas mãos que dobravam tecido como quem acaricia um segredo.

Os domingos eram reservados à arrumação, limpeza da loja e ao descanso. E, as sextas eram dedicadas ao cuidado da alma, pois era o "Jumu'ah", um dia dedicado ao fortalecimento espiritual e à prática religiosa, Youseff, de túnica branca, "chéchia" e colete, saia cedo com os filhos homens para a oração. As mulheres permaneciam. E era nesse silêncio que Américo, com autorização expressa, varria o chão, organizava os botões por cor e polia os puxadores de latão. Era como cuidar de um relicário, dizia a si mesmo.

Na década de 1920, a comunidade islâmica no Rio de Janeiro, embora pequena, já estava presente e era, em parte, composta por descendentes de africanos que haviam se convertido ao islamismo. Essa comunidade, pequena mas já existente desde o século XVIII, teve um crescimento notável com a chegada de imigrantes árabes, principalmente da região da Síria e Líbano.

À noite, sentavam-se na parte dos fundos, em tapetes encostados à parede. Ali, Américo ouviu histórias que pareciam fábulas — do oriente distante, de travessias pelo mar, de guerras esquecidas, de avôs que haviam vendido especiarias nos souks. Às vezes, a esposa de Youseff — sempre com a cabeça e o rosto semicoberto, mas olhos vivos como brasa — oferecia pão pita, tâmaras e homus, que Américo não sabia exatamente do que era feito, mas achava uma delícia.

Com o tempo, Américo passou a ser chamado de "filho do coração", não por adoção, mas por convivência. Aprendeu expressões em árabe, palavras soltas, interjeições — "Yalla!", "Habibi!", "Mafi mushkila!" — e ria de si mesmo quando se atrapalhava. Mas era acolhido com palmas e tapinhas nas costas.

Um dia, perguntaram se ele tinha família. Ele respondeu que sim, seus pais já haviam morrido, mas suas cinco irmãs moravam em Minas. E, seus dois irmãos homens, também já haviam morrido. Um de tuberculose e o outro, que era médico, havia sido morto no Rio de Janeiro. Sendo ele o caçula de oito irmãos. Ninguém insistiu na conversa. Apenas lhe ofereceram mais café, como quem consola sem perguntar o motivo da tristeza.

E assim, entre botões e latas de chá empilhadas, Américo aprendeu que o mundo era feito de camadas. Que cada tapete escondia uma história, que cada olhar coberto podia dizer mais que um rosto inteiro descoberto. E que pertencer não era nascer num lugar, mas ser aceito nele.

E numa noite em que o céu sobre a Praça Onze parecia mais claro que de costume, Américo ficou sozinho fechando a loja. Parou, por um instante, e olhou os tecidos estendidos, os rolos, os ganchos. Sorriu. E pensou: "Há mais alma aqui do que em muita igreja."

E no entanto, havia uma pena não dita, que

pairava sobre ele como sombra suave: sabia que jamais pertenceria por completo àquele mundo. Os véus não se ergueriam para ele, as rezas do Alcorão não lhe cabiam, e a língua materna da casa, falada entre pai e filhos, seguiria sendo música e muro.

Mas isso não o impedia de permanecer. Ao contrário: fazia dele parte do chão — invisível, necessário, firme.

E quando, numa noite de muita chuva, o toldo da loja cedeu, foi Américo quem subiu na escada, com pano grosso e força de moço novo, e prendeu as pontas com corda e prego. Youseff o olhou de dentro e disse:

— Wallahi (por Deus!), esse menino tem ouro nos ombros.

Não era ouro. Era história. E quem carrega história nas costas não precisa de medalhas no peito.

E foi entre as ruas da Freguesia de Sant'Anna e da Praça Onze, entre um quiosque e o tumulto de um bonde lotado, que Américo reencontrou Cosme — o velho companheiro de tropeço e passo, o amigo de dias difíceis, irmão de uma mulher que o destino ainda preparava com cuidado para cruzar seu caminho.

Cosme continuava o mesmo. Vendedor ambulante, gingado leve, olhos atentos e sorriso pronto. Vendia de tudo: agulha, lenço, talco, fita, prece disfarçada em simpatia. E vendia bem — porque, como dizia, "quem fala baixo e olha no olho, vende até o que não tem."

Os dois se cruzavam frequentemente, às vezes por acaso, às vezes por saudade.

— E então, doutor dos botões? Já virou dono da loja?

— Ainda sou só o prego que segura a tábua, Cosme. Mas, pelo menos sou prego bom.

Riam. Riam como quem lava o cansaço da semana com palavras leves.

O laço entre eles não se rompeu com o tempo. Ao contrário, firmou-se. As vezes Cosme passava pela loja de Youseff, deixava um recado, oferecia uma fruta, buscava linha com desconto. E, volta e meia, sentavam-se na calçada ao fim do expediente — dois homens, um branco e um negro, trabalhadores, urbanos, invisíveis e centrais — e falavam do mundo com o humor de quem já entendeu tudo, mas ainda finge surpresa.

Américo ouvia Cosme como quem ouve um velho contador de histórias, mesmo que fossem histórias de ontem.

Certa tarde, depois de uma chuva morna, Cosme soltou a frase sem aviso:

— Um dia vou te levar lá em casa. Quero que você conheça minha família, minha esposa Esperança e meus filhos, ela está grávida, vamos ter mais um.

Américo não sabia ainda, mas esse convite plantaria a semente de um encontro que mudaria sua vida.

Mas por enquanto, bastava o presente. A cidade seguia. A loja continuava. A amizade resistia. E os dois homens se sabiam irmãos, não de sangue, mas de caminho.

E em cada encontro, em cada gargalhada cortada pelo apito do trem ou pelo tilintar de moedas, confirmavam o que é raro e precioso: a amizade entre aqueles que não se devem nada.

CAPÍTULO 22

No Morro da Favela

Era uma colina íngreme e disforme, como tantas outras que amontoam o Rio de Janeiro entre o céu e o mar, mas o Morro da Providência — ou, como se começou a chamar mais insistentemente desde o alvorecer do século, o Morro da Favela — trazia em suas dobras vermelhas de terra batida uma história que o tornava distinto, quase épico, como se cada pedra, cada barraco, cada vereda improvisada ali encerrasse uma memória de pólvora e abandono.

No decênio de 1920, já não se podia negar: a favela existia, resistia e crescia, espraiando-se pelas encostas como um mato teimoso — ou como a própria planta espinhosa da Caatinga baiana, que lhe dera nome e reputação. Porque "favela", antes de ser morro, fora planta rústica do sertão de Canudos, e depois, por sinédoque da tristeza nacional, se tornara sinônimo de improviso, de exílio e de sobrevivência verticalizada.

Tudo começara, como sempre, com uma promessa — a promessa quebrada do Estado. Era o fim do ano de 1897 quando os soldados que retornaram da Guerra de Canudos — exaustos, feridos e invisíveis — chegaram ao Rio à espera de glória e recompensa. Mas em vez de terras e salários, receberam silêncio. E como não havia quartel que os abrigasse, subiram o morro por trás do Ministério da Guerra, e ali, entre as pedras e os arbustos, cravaram os primeiros estandartes de tábua e lona.

Com o tempo, outros vieram. Ex-escravizados recém-libertos, sem destino definido além do vazio das senzalas extintas; migrantes nordestinos, expulsos da seca; viúvas com filhos miúdos; trabalhadores de ofícios desprezados, pedreiros sem obra, lavadeiras sem tanque. O morro, como ventre generoso apesar da secura, acolhia a todos, desde que pudessem subir com suas poucas posses nas costas e um pouco de esperança nos bolsos rasgados.

As habitações, se é que assim podiam ser chamadas, eram estruturas frágeis, precárias, feitas de tábuas revezadas, panos de estopa, zinco torto e madeira velha de caixote. Um barraco se apoiava no outro como irmão que ampara o caído — e, com frequência, desabavam juntos nas chuvas de verão. Saneamento? Luz? Água? Sonhos distantes. O morro vivia de baldes, latas, improvisos e promessas que nunca vinham. Os caminhos eram trilhas de barro, e as vielas, emaranhados onde as crianças corriam descalças, entre fogareiros de querosene, latas de água equilibradas em cabeças negras e os murmúrios das mães que cuidavam de tudo com o rigor da necessidade.

Mas não se pense que ali só se vivia de falta. Não. Ali se reinventava o mundo, mesmo que no escuro. A Providência era também um palco, um samba, um grito de existência, ainda que o asfalto fingisse não ouvir. Foi dali, afinal, que brotou, em 1916, o samba "Morro da Favela", imortalizado por quem subia as ladeiras com cavaquinho no braço e alma leve, ainda que os pés estivessem sujos da poeira da miséria. E seria ali, duas décadas depois, que Humberto Mauro encontraria cenário e verdade para "Favela dos Meus Amores", primeiro grande gesto do cinema a reconhecer que o morro era mais do que sua penúria — era paisagem humana, viva, dramática e altiva.

A cidade de baixo via o morro com olhos tortos. Uns o chamavam de antro de desordem, outros de ninho de pobres; poucos, muito poucos, reconheciam ali a arquitetura do abandono, aquela que a própria cidade havia desenhado por omissão. E mesmo quando se envergonhava dele, era ao morro que a cidade recorria para sua força de trabalho, seus carregadores, suas lavadeiras, seus músicos, suas babás, seus operários. O morro sustentava a cidade — e ainda assim era por ela esquecido.

O nome "favela", que primeiro nomeou uma planta do sertão baiano e depois um monte carioca de gente deserdada, espalhou-se feito brasa em palha seca. Outros morros viriam: da Mangueira, do Salgueiro, do Pavão. Mas foi ali, na Providência, que nasceu a geografia do improviso que o Brasil urbano aprenderia a ignorar de dia e a louvar em silêncio à noite, ao som do samba.

E assim o Morro da Favela ia se firmando: feito de estaca e esperança, plantado na beira da cidade e na beira do mundo. Um lugar onde faltava tudo, menos vida, e onde a ausência de direitos era compensada por uma presença teimosa de humanidade — aquela que sobe ladeira com balde na mão e música na boca, mesmo quando o mundo lá embaixo insiste em fingir que ela não existe.

Certa noite, Cosme convidou Américo para jantar em sua casa. Morava no Morro da Favela, numa casa de tábuas, barro pisado, telhado de zinco e cheiro de feijão forte. Esperança, sua esposa, abriu a porta com sorriso de festa.

— Seja bem-vindo, moço branco. Aqui não falta prato. Só cadeira às vezes.

Sentaram-se, Cosme num caixote, Américo e Esperança nas únicas duas cadeiras, comendo sobre uma mesa precária com uma toalha rota estendida. Conversaram sobre o dia, os clientes, os truques do ofício. Até que Esperança, com a mão sobre o ventre já saliente, perguntou:

— E tua família, Américo?

Ele hesitou. Disse que a mãe morrera. O pai, muito antes. Contou da oficina, da história dos sapatos, mostrou o pedaço de couro com a palavra "passi".

Foi então que Cosme parou.

— Como é que é? Teu pai sapateiro era Giovanni, e o nome de sua mãe Luiza?

Américo assentiu.

Cosme olhou para a esposa. Os olhos dele brilharam como quem vê um fantasma amigo.

— Meu pai e minha mãe... Lázaro e Rosa... ajudaram um casal a fugir. Ele era sapateiro, seu nome era Giovanni. Ela, o nome da Sinhazinha, era Luiza. Fugiram da Fazenda de Santana em Barbacena. E, segundo diziam, iriam pra Mar de Espanha. A gente cresceu ouvindo essa história. Meu pai dizia que era o amor mais bonito que já existiu nesse mundo injusto.

Américo sentiu o corpo estremecer.

— Sim, meu pai... minha mãe chamava-se Luiza e

meu pai Giovanni. Mas era conhecido como João em Mar de Espanha. Minha mãe, antes de morrer me falou de Lazaro e Rosa, e de como eles eram gratos a eles.

O silêncio que se seguiu não era ausência de som — era o transbordamento do tempo.

Américo levantou-se, puxou Cosme e o abraçou com a força de quem reencontra um irmão que nunca soube que tinha.

Cosme disse:

— Teu pai... era um homem bom. Minha mãe dizia que chorou por dias porque sabia que nunca mais ia vê-los. Ela teve medo, mas disse que o sinhô barão graças a Deus nunca desconfiou, ou, pelo menos, nunca teve certeza do que eles fizeram.

Américo chorou. Como se todas as dores do passado fossem, enfim, entendidas. Contou que sua mãe disse que sentiam saudades, mas que sabia que não poderiam mais vê-los, porque senão seriam descobertos. Que quando veio a abolição e o barão já estava morto há anos, mas a família dele ainda existia. Seus pais pediram para um tropeiro amigo assuntar na fazenda em Barbacena. Mas, eles não estavam mais lá, ninguém na cidade soube dizer para onde teriam ido. E, disseram que um deles, chamado Benguela havia morrido, que algumas semanas após a abolição, foi encontrado na rua morto. E, que lembrava de quando era criança, numa época, haver visto seus pais tristes, sua mãe chorando, mas nenhum de deles nunca soube o porquê.

Esperança, com os olhos marejados, acariciou a barriga disse:

— Nosso filho que nascerá. Se for menino, será

João. Se for menina, Luiza. E você, Américo... vai ser padrinho.

Américo sorriu. Colocou o pedaço de couro no bolso. Sentiu que, finalmente, seus passos faziam parte de algo maior.

Naquela noite, dormiu com o coração cheio. Sabia que a cidade ainda era difícil. Que os becos ainda eram escuros. Mas havia luz suficiente no gesto simples de um reencontro. E o Rio de Janeiro, com todos os seus contrastes, tornara-se, para ele, mais do que um destino — tornara-se herança.

CAPÍTULO 23

Encontro com o Destino

Antes de Américo, havia Carmem.

Filha de Rosa e Lázaro, irmã de Cosme, Carmem nascera em Minas, mas crescera no calor úmido do Morro da Conceição, onde o Rio de Janeiro pulsava entre vielas com escadas estreitas, batuques incessantes e promessas sussurradas ao vento. Desde menina, aprendera a escutar os murmúrios dos orixás, assim como aprendera a transformar feijão-branco moído e azeite de dendê em acarajés que eram mais que alimento — eram oferenda e poesia. Sabia também extrair do açúcar e dos ovos doces que aqueciam e adoçavam a alma de quem os provava. Tornara-se quituteira renomada, preparando em casa suas iguarias, onde o cheiro de dendê se misturava ao som dos atabaques — e saía, como uma sacerdotisa ambulante, a vendê-las pelas ruas e praças da cidade.

Mas Carmem era mais que uma cozinheira talentosa.

Era filha de Iansã, iniciada no candomblé, e encontrava na fé a força necessária para enfrentar a repressão que se abatia sobre os cultos de matriz africana. Em tempos em que a polícia via no candomblé uma ameaça à ordem, Carmem mantinha acesa a chama da sua crença, resguardada sob o manto do sincretismo, protegida pelos gestos da comunidade que a cercava como quem guarda um segredo precioso.

Foi nesse ambiente de resistência e celebração que Carmem conheceu Tia Ciata — aquela que "lhe fez a cabeça" — a matriarca do samba e guardiã das tradições afro-brasileiras. Na casa de Ciata, música e fé se entrelaçavam como fios de um mesmo pano sagrado, e dali brotava um ritmo novo, cheio de corpo e história, que começava a ecoar pelas ruas do Rio: o samba.

Ali, Carmem encontrou não apenas acolhimento e expressão, mas um território de liberdade. Era um lugar onde podia ser quem era sem medo — dançar como quem reza, cantar como quem vive, amar como quem resiste.

Ao dobrar a esquina da Praça Onze, guiado por Cosme, Américo sentiu que pisava em terreno distinto, quase sagrado. Havia ali, no fundo de um casarão de janelas largas e portas sempre entreabertas, algo que escapava às definições ordinárias — uma vibração antiga, um murmúrio de tambores ancestrais que parecia brotar da terra e subir-lhe pelas pernas, como se a própria cidade respirasse sob seus pés.

A casa, embora de aparência já gasta, mantinha a altivez dos lugares que abrigam história. Dispunha de seis quartos, duas salas de pé-direito generoso, um corredor comprido como saudade e um quintal que se estendia sob mangueiras e jaqueiras antigas. Ao fundo, sob a sombra dessas árvores, erguia-se o barracão — modesto na aparência, mas imenso na alma. Foi ali, disse-lhe Cosme, quase como quem entrega um segredo, que se encontravam os assentamentos dos orixás — e era naquele terreiro também que o samba se acendia como brasa viva nos fins de semana.

Naquela noite, o terreiro fervilhava. Vozes,

batuques, palmas e risos se entrelaçavam no ar como fitas de festa. Homens de paletós amassados e mulheres de torso firme, adornadas em saias rodadas, dançavam como se o corpo todo fosse reza. O cheiro de dendê, alfazema e fumo pairava pesado, compondo um perfume denso que misturava o sagrado e o mundano.

Américo, ainda tenso nos ombros e no espírito, foi pouco a pouco se rendendo àquela ordem secreta, ao acolhimento invisível que desarmava. Era como se ali, por entre lanternas pendentes e palhas trançadas, o mundo lhe dissesse que a vida podia ser outra — mais generosa, mais verdadeira.

Pixinguinha, Donga, João da Baiana, Heitor dos Prazeres e outros nomes que ele conhecia apenas de ouvir falar, estavam lá — sorrindo com os olhos, entre sopros de flauta e toques de tambor. E havia também — entre os vultos em roda, que giravam com graça e ritmo — uma moça vestida de branco, com os pés firmes no chão batido e um sorriso que lhe cortou a respiração: Carmem.

Foi ali, naquele terreiro que era altar e refúgio, que Américo compreendeu — talvez pela primeira vez — que existia no mundo uma força mais funda do que decretos, códigos ou salões. Uma força que nascia da memória, da dor, do ritmo e da dança. E nunca mais esqueceu o som do primeiro atabaque que ouviu naquela noite.

Carmem cantava e dançava, tomada pela energia vibrante do samba que nascia de dentro como se fosse sangue. Ao se virar, os olhos dela encontraram os de Américo. E o tempo, que até então fluía com a cadência dos tambores, suspendeu-se por um instante.

Cosme, sorridente como quem pressente o destino,

aproximou-se para fazer as apresentações.

Carmem encantou-se ao saber que aquele moço era filho da história que ela escutava desde menina — a história de Giovanni e Luiza, o casal que seus pais haviam ajudado a fugir da fazenda.

Amaram-se.

O amor entre Carmem e Américo floresceu com a naturalidade das águas que correm após a cheia, regado pela música, pela fé e pelas histórias compartilhadas. Quando nasceu o filho de Cosme e Esperança, batizado como João, Américo e Carmem foram os padrinhos — selando ainda mais os laços entre as famílias.

Casaram-se com a bênção de Tia Ciata, numa cerimônia onde se uniram o candomblé e o catolicismo, refletindo a rica tapeçaria cultural que os envolvia. Tiveram uma filha, Luiza — de pele escura e olhos verdes do pai — símbolo vivo da união entre raízes distintas e destinos cruzados. Cosme e Esperança foram os padrinhos, como não poderia deixar de ser.

Enquanto isso, em Mar de Espanha, Gaetano havia morrido do mesmo mal que José. Guilhermina e Elisa, costureiras de mão cheia e sensibilidade afiada, decidiram tentar a sorte no Rio de Janeiro. Escreveram a Américo, que as acolheu com generosidade em sua casa. E ali, na cidade grande, suas roupas — bem cortadas, alinhadas com o gosto e a precisão — começaram a fazer sucesso. Ganharam freguesia, respeito e sustento.

Carmem, sempre de olhos abertos para o mundo, sugeriu a criação de uma pequena confecção. A ideia era clara e ousada: reunir costureiras negras e imigrantes em situação precária, oferecendo uma divisão justa dos lucros. Uma ideia pioneira, nascida do coração de Carmem — precursora silenciosa do que, décadas depois, se chamaria cooperativa.

Com os lucros, e com o apoio de Américo, Cosme e a própria Carmem, Guilhermina e Elisa adquiriram novas máquinas, tecidos, linhas, tesouras, botões, agulhas e outros materiais. Youseff — o mesmo que contratara Américo — aceitou vender as roupas em sua loja, por consignação, outra sugestão arrojada de Carmem. Admirado, passou a vender cada vez mais — e com entusiasmo — as criações daquelas mulheres.

Guilhermina e Elisa, já estabelecidas no ofício das agulhas, das tesouras e das linhas, contaram com o olhar visionário de Carmem para lançar as bases de um novo empreendimento. Era mais do que um negócio: tratava-se de um gesto coletivo, tecido ponto a ponto com a paciência das bordadeiras e a esperança das sonhadoras.

Não havia capital para abrir firma com letreiro, papel passado e registro em cartório. O que havia era a união. Sem condições ter empregados e legalizar e estruturar o escritório de uma firma, cada mulher que se unia ao grupo trazia apenas suas mãos, sua destreza e a vontade de transformar a costura em sustento digno, sob as instruções e talento de Guilhermina. Funcionárias? Não. Eram autônomas, sim, mas não sozinhas. Dividiam entre si o trabalho, os materiais, os lucros e, principalmente, a confiança. Acordavam-se em torno da mesa como irmãs de ofício, somando o pouco que havia, traçando o que se podia fazer e partilhando o que se arrecadava. A justiça era medida no café coado, no fio da conversa, no traço exato do lápis no caderninho.

— Sentamos todo mundo, conversamos, somamos

o que dava de dinheiro, como dava para dividir, mas também para dividir os gastos — dizia Guilhermina, como quem conta um segredo ancestral.

Durante meses a fio, além do trabalho cotidiano — cortar, costurar, ajustar, entregar — dedicavam-se a visitar outros grupos de costureiras espalhados pela cidade, muitas delas também trabalhando de maneira autônoma, dispersas, sem amparo, sem voz. Carmem, com sua fala firme e doce, tornava-se ponte entre elas. Propunha união, sugeria reuniões, explicava, paciente, que juntas poderiam mais. E assim se fez.

Passaram quase um ano neste esforço: reunir mulheres, ouvir suas necessidades, discutir os valores de tecidos, se poderiam ou não assumir algumas encomendas grandes, se teriam pernas para isso, a vantagem de se comprar tecidos por atacado. As reuniões ocorriam ora em varandas estreitas na casa de alguma delas, ora em salas de chão batido, mas sempre com o mesmo propósito — criar, aos poucos, um corpo comum onde antes havia apenas mãos solitárias.

— Se a gente compra tudo junto, gasta menos e sobra mais — dizia Carmem, com um pano no ombro e a cabeça erguida como quem já via longe.

Ao cabo de oito anos, aquela pequena semente plantada a quatro mãos florescera em confecção sólida e admirável. Formada por quarenta mulheres e dois homens — estes, responsáveis pelos cortes —, a oficina coletiva funcionava com a precisão de um relógio regido por mãos calejadas e corações obstinados. Cada costureira tinha seu caderninho de capa dura, onde anotava, com esmero, tudo o que fazia: quantas blusas, quantas saias, quantos botões pregados e quantas horas gastas no ofício.

No fim do mês, ali estava o espelho fiel do trabalho de cada uma.

O aprendizado da ação coletiva foi mais que administrativo: foi político, espiritual, humano. Entre linhas e tecidos, aprenderam o valor da escuta, da partilha, da paciência. Aprenderam que a agulha, quando bem usada, não fere — une.

A confecção, nascida da necessidade, transformara-se em símbolo de autonomia e cooperação. E entre panos estendidos e bobinas de linha colorida, havia um sentimento partilhado por todas: a certeza de que, mesmo sem sobrenomes ilustres ou títulos pendurados na parede, construíam juntas algo grandioso. Algo que, como os vestidos bem costurados, resistiria ao tempo.

O negócio prosperou. A confecção cresceu. E com ela, não só Guilhermina e Elisa, mas também as famílias de Américo e Cosme prosperaram. Mudaram-se para o bairro da Glória, onde a brisa parecia menos pesada e a vista se abria para o mar.

Havia no bairro um certo ar de permanência, de nobreza sedimentada e discreta, como se as próprias pedras das calçadas soubessem latim. Situado entre o fervor do Centro e os recatos do Catete, o bairro se debruçava sobre o mar com a altivez de quem conhecia seu passado e fazia questão de lembrá-lo a cada fachada lavrada, a cada palacete oculto entre palmeiras e muros com brasões desbotados. Era, por assim dizer, um bairro que não gritava — insinuava.

Nos primeiros anos da década de 1920, os ares da Glória já eram outros que não os das ruas apinhadas e malcheirosas da cidade baixa. Não havia por ali o tumulto das quitandeiras, nem o vai-e-vem desordenado de carroças e varredores. O bairro respirava, mesmo em janeiro, uma brisa mais amena, como se o calor ali tivesse outro trato com o tempo. E isso, é claro, não era apenas dom natural — era privilégio.

Era ali que muitos dos italianos bem-sucedidos, escapando à sina da pobreza que marcara seus conterrâneos, fincaram raízes. Vieram não apenas os braços acostumados à enxada, mas também aqueles de mãos delicadas e olhos treinados para o ouro, a música, os mapas. Joalheiros, médicos, artistas, proprietários de navios, e outros representantes de uma Itália que não se curvava ao estigma da miséria. Alguns chegaram com recursos, outros os amealharam cá mesmo, nas Américas. E foram, pouco a pouco, subindo — literal e simbolicamente — rumo à Glória.

Naquele tempo, a presença italiana no bairro era notável. Em 1906, eram quase mil e seiscentos. Um contingente que não apenas vivia ali, mas participava da vida urbana com dignidade e distinção. Suplantavam, em número e em sobriedade, velhos franceses e discretos portugueses que, por décadas, haviam reinado como únicos estrangeiros do lugar. Italianos e espanhóis, por sua vez, revelavam não só a elasticidade da mobilidade social, como também a capacidade de fundar nova respeitabilidade no Novo Mundo tropical.

As ruas da Glória eram largas, arborizadas, compostas de casas de sobrado em estilo francês, com grades de ferro delicadamente entalhadas e varandas que davam à vida um certo tom de palco — e os moradores, por sua vez, atuavam com a gravidade dos que sabiam estar sendo observados. Próximo dali, a Praça Paris, com seus jardins à la Belle Époque, traduzia o ideal de civilidade e progresso que a cidade ambicionava: lagos, chafarizes, linhas geométricas e estátuas que pareciam sonhar com Versalhes.

O bairro abrigava embaixadas, hotéis de luxo, clubes sociais, e — mais importante do que tudo isso — a Igreja de Nossa Senhora da Glória do Outeiro. Construída ainda no século XVIII, em posição elevada como convinha aos lugares sagrados e às famílias imperiais, a igreja emprestava ao bairro um esplendor quase dinástico. Foi ali que a família real assistiu missas e celebrou batizados, e onde o pequeno Lima Barreto, por exemplo, recebera seu primeiro sacramento, sem ainda saber que um dia escreveria contra tudo aquilo.

Machado de Assis, por sua vez, passara por ali com olhos de cronista, e deixou gravadas em palavras as sombras e silêncios daquelas ruas que, embora belas, guardavam também o tédio de uma elite que, por vezes, já nem sabia mais pelo que lutava — apenas que devia permanecer distinta.

A Glória era, pois, o retrato de um Rio de Janeiro em que a civilidade ainda se media por endereço e o futuro parecia morar nos altos. Mas, como tudo que se ergue sobre as costas da história, haveria de conhecer também seu declínio. Com o tempo, e com a mudança da capital, as fachadas esmaeceram, os jardins perderam simetria, os nomes ilustres migraram para novos redutos. Mas na década de 1920, ainda não. A Glória permanecia intacta, suspensa entre o esplendor e a memória — como uma nota musical que demora a se extinguir no ar.

Ali, num reencontro que parecia obra do destino,

as famílias de Giovanni e Nicola cruzaram-se novamente — não mais como imigrantes marcados pela penúria, mas como brasileiros que fizeram da dor um alicerce, e do amor, um legado.

CONTEXTUALIZAÇÃO HISTÓRICA

O Contexto Histórico da Unificação Italiana e Suas Contradições

A unificação da Itália, oficialmente iniciada em 1861 e concluída com a anexação de Roma em 1870, foi um marco na história europeia, mas também um processo permeado por profundas contradições. Longe de ser uma mobilização popular homogênea, o Risorgimento foi conduzido por elites políticas e militares do norte da península, em especial pelo Reino de Piemonte-Sardenha, sob o comando de Vítor Emanuel II, da Casa de Saboia.

Esse processo de unificação negligenciou as realidades regionais, sociais e linguísticas da península. Como apontado por Eric Hobsbawm, a formação dos Estados nacionais modernos foi antes de tudo um processo político de imposição de uma identidade cultural hegemônica. A adoção do dialeto florentino como língua oficial, falado por apenas 2,5% da população em 1860, simboliza essa tentativa de uniformização forçada.

A nova Itália manteve estruturas excludentes: a monarquia foi preservada, a concentração fundiária permaneceu intocada, e o sufrágio foi restrito aos alfabetizados até 1912. Isso agravou as tensões entre o norte industrializado e o sul agrário, alimentando o preconceito contra os meridionais, considerados atrasados pelas elites do norte.

Intelectuais como Antonio Gramsci denunciaram a marginalização do sul, destacando a necessidade de uma aliança entre camponeses e operários para a construção de uma consciência de classe. Para ele, a Itália agia como um "exército de reserva" do capitalismo internacional, forçando sua população à emigração diante da escassez de oportunidades.

Politicamente, o país oscilou entre governos liberais-conservadores e liberal-progressistas até 1914, mantendo uma estrutura elitista e excludente. Apenas no governo de Giovanni Giolitti ocorreram tentativas mais consistentes de inclusão social. Em contrapartida, emergiram movimentos nacionalistas autoritários, como a Associazione Nazionalista Italiana, que propunham a eliminação das divisões internas e a política imperialista, posteriormente aprofundada pelo fascismo de Benito Mussolini.

A Itália também buscou prestígio internacional por meio do colonialismo, como nas campanhas na África. A derrota em Adua, na Etiópia (1896), foi um duro golpe, posteriormente instrumentalizado pela propaganda fascista para justificar uma política de expansão agressiva.

No interior da Itália, especialmente no sul, a miséria, a fome e a ausência de políticas públicas tornaram a emigração uma necessidade para milhões. Ao contrário de projetos coloniais bem estruturados, a emigração italiana foi marcada pela improvisação e pela exclusão. A célebre frase de Massimo d'Azeglio —

"Fizemos a Itália; agora precisamos fazer os italianos" — sintetiza o caráter incompleto da unificação.

No final do século XIX, o país contava com cerca de 22 milhões de habitantes, dos quais 80% eram analfabetos e 60% atuavam na agricultura. Cerca de 80% dos trabalhadores rurais não possuíam terras. Entre 1875 e 1901, centenas de milhares de pequenas propriedades foram vendidas ou confiscadas por inadimplência, agravando a crise social. A transição do capitalismo concorrencial ao monopolista, como analisado por Lênin, acentuava a marginalização, fundindo capital bancário e industrial sob domínio estatal das elites.

Apesar do crescimento industrial no norte a partir de 1896, a economia não absorveu os expropriados do campo. O aumento populacional (de 28 milhões em 1880 para 36 milhões em 1914), aliado à ausência de políticas públicas, aprofundou o êxodo. A atuação do Estado diante da emigração foi limitada. A Lei de 1888 garantiu a liberdade de emigrar, mas sem proteção efetiva. Apenas em 1901 foi criado o Commissariato Generale dell'Emigrazione, com ação restrita ao embarque.

A Itália, portanto, oferecia a seus cidadãos um Estado nacional frágil, excludente e desigual. A emigração tornou-se uma válvula de escape para uma população marginalizada e sem direitos plenos de cidadania, o que ajudou a formar uma "Nova Itália" nas Américas, construída sobre a dor da partida e a esperança de uma vida mais digna em terras distantes.

O Êxodo Italiano: Causas e Características da Imigração em Massa

A emigração italiana entre a segunda metade do século XIX e o início do século XX constituiu um dos maiores movimentos migratórios da história moderna. Estima-se que cerca de 14 milhões de italianos deixaram seu país entre 1876 e 1915, sendo o Brasil um dos principais destinos nas Américas.

As causas desse êxodo são múltiplas e complexas. A unificação italiana (1861) não trouxe prosperidade para toda a península. Ao contrário, acentuou desigualdades entre o norte industrializado e o sul agrário, este último submetido a uma política de centralização que ignorava suas especificidades econômicas e sociais. No Mezzogiorno (sul da Itália), a modernização foi limitada, e as reformas fiscais, a repressão às revoltas camponesas e a concentração fundiária levaram milhares de pequenos produtores à miséria.

A pobreza extrema, a fome, a violência e a repressão política impulsionaram os camponeses italianos, sobretudo do sul e de regiões montanhosas como a Basilicata e a Calábria, a buscar alternativas fora do país. Além disso, a propaganda de governos e empresas estrangeiras — especialmente brasileiras e argentinas — prometia oportunidades e terras baratas, o que motivava o deslocamento de famílias inteiras.

Os emigrantes italianos partiam, em sua maioria, em condições precárias. Muitos vendiam todos os seus bens para pagar a viagem, enfrentando travessias marítimas longas e arriscadas. As condições a bordo eram insalubres: superlotação, má alimentação, falta de ventilação e surtos de doenças como cólera e tifo eram comuns. Os navios a vapor, que substituíram os veleiros a partir da década de 1870, reduziram o tempo de viagem para cerca de 20 a 30 dias, mas não melhoraram significativamente o conforto dos passageiros.

A composição dos fluxos migratórios era variada. Embora muitos viajassem em grupos familiares, também havia homens jovens solteiros que planejavam juntar recursos e trazer parentes posteriormente. A maioria vinha de áreas rurais, com pouca ou nenhuma escolarização, e com experiência em agricultura, criação de animais ou ofícios artesanais.

A emigração era, portanto, uma estratégia de sobrevivência diante da ausência de políticas inclusivas na Itália pós-unificação. Para muitos, tratava-se de uma saída sem retorno. Alguns retornavam ao país de origem após algum tempo, mas a maior parte fixava-se definitivamente nos países de acolhida, onde construíam novas redes sociais, culturais e econômicas.

No caso do Brasil, a chegada dos italianos coincidiu com o fim do tráfico transatlântico de escravizados (1850) e com a necessidade de substituir a mão de obra nas lavouras de café. O governo imperial e, posteriormente, o republicano incentivaram a imigração europeia como parte de uma política de branqueamento da população e modernização da economia. Assim, italianos foram recebidos inicialmente com entusiasmo, especialmente no sul e sudeste do país.

No entanto, nem todos se dirigiram às zonas rurais. Uma parte significativa dos imigrantes italianos estabeleceu-se em centros urbanos como São Paulo, Santos e, sobretudo, o Rio de Janeiro. Esses grupos urbanos, muitas vezes negligenciados pelos estudos tradicionais focados na colônia agrícola, formaram uma classe trabalhadora heterogênea, atuando como artesãos, pedreiros, vendedores ambulantes, carroceiros e pequenos comerciantes.

Dessa forma, o êxodo italiano não foi um movimento homogêneo, mas uma experiência multifacetada, marcada pela dor da partida, pelos desafios da adaptação e pela contribuição decisiva para a formação das sociedades de acolhimento. No Brasil, particularmente no Rio de Janeiro, os imigrantes italianos deixaram marcas profundas na paisagem urbana, na cultura popular e na economia da cidade.

A Imigração Italiana no Brasil e o Papel do Rio de Janeiro

O Brasil foi um dos principais destinos da diáspora italiana, sobretudo após a década de 1870. Inicialmente, o fluxo migratório dirigiu-se em grande parte às áreas rurais do sudeste e sul do país, especialmente para as lavouras de café no estado de São Paulo. No entanto, uma parcela significativa dos italianos também se estabeleceu nas cidades, e o Rio de Janeiro, capital do Império e depois da República, tornou-se um dos principais centros de atração para esses imigrantes.

O governo brasileiro, diante do fim do tráfico de escravizados (1850) e da gradual abolição da escravidão (culminando em 1888), incentivou a imigração europeia para substituir a mão de obra negra. Esse incentivo era parte de uma política mais ampla de "branqueamento" da população e modernização da economia, refletindo os ideais racistas e eugenistas da época. O Estado promovia campanhas e financiava passagens para imigrantes, oferecendo promessas de terras férteis, salários regulares e liberdade.

Muitos imigrantes italianos, ao desembarcarem no Brasil, encontravam uma realidade diferente da propaganda oficial. Em vez de terras ou empregos estáveis, enfrentavam condições de trabalho precárias, exploração e, em muitos casos, miséria. Ainda assim, muitos escolheram permanecer e reconstruir suas vidas nas cidades. O Rio de Janeiro, com seu dinamismo urbano, sua efervescência cultural e suas oportunidades ligadas ao comércio, à construção civil e aos serviços, tornou-se um espaço promissor para milhares de italianos.

A cidade concentrava os principais portos de entrada e era palco de grandes obras públicas e privadas. Os italianos atuaram como pedreiros, carpinteiros, sapateiros, cocheiros, artesãos, quitandeiros e ambulantes. Também organizaram associações de apoio mútuo, escolas comunitárias e espaços religiosos, criando redes de solidariedade e identidade em meio à exclusão social.

Além disso, o Rio de Janeiro oferecia aos italianos a possibilidade de mobilidade social. Alguns conseguiram abrir pequenos comércios, oficinas ou barracas em feiras livres e mercados populares. Outros se tornaram empresários ou profissionais liberais de destaque. Contudo, a maioria permaneceu na base da pirâmide social, vivendo em cortiços e bairros operários, dividindo espaço com negros libertos e outras populações marginalizadas.

A presença italiana no Rio de Janeiro foi decisiva para a conformação do espaço urbano e da cultura da cidade. Participaram da construção de praças, avenidas e edifícios públicos, como o Theatro Municipal e a Biblioteca Nacional. Integraram a vida cotidiana da cidade, deixando marcas nos bairros da Glória, Gamboa, Saúde, Santo Cristo e, sobretudo, na freguesia de Sant'Anna, onde se concentravam muitas famílias italianas.

Esse processo não se deu sem conflitos. A inserção dos italianos no mercado de trabalho urbano provocou tensões com trabalhadores locais, especialmente os negros libertos, que viam nos imigrantes uma ameaça às já escassas oportunidades de emprego. Apesar disso, as experiências de convivência, competição e resistência mútua acabaram por moldar uma identidade urbana marcada pela diversidade.

A imigração italiana no Rio de Janeiro, portanto, não pode ser entendida apenas como um episódio de deslocamento populacional, mas como parte de um processo mais amplo de transformação da cidade. A presença italiana contribuiu para a construção da infraestrutura urbana, para o desenvolvimento de práticas culturais e para a reconfiguração das relações sociais no espaço público carioca. Foi, sobretudo, uma experiência de reinvenção coletiva diante da adversidade.

A Transformação Urbana e a Exclusão Social no Rio de Janeiro

Na virada do século XIX para o XX, o Rio de Janeiro passou por profundas transformações urbanas impulsionadas por ideais de modernização e higienização. A capital da então jovem República pretendia tornar-se uma metrópole à altura das capitais europeias, sobretudo Paris, e para isso lançou mão de reformas radicais que alteraram sua paisagem física e social.

O prefeito Pereira Passos, entre 1902 e 1906, liderou um amplo projeto de reurbanização que ficou conhecido como "bota-abaixo". Inspirado pelo modelo haussmanniano, esse processo incluiu a abertura da Avenida Central (hoje Avenida Rio Branco), a demolição de cortiços e sobrados coloniais, a remodelação do porto, a expansão das linhas de bonde e a construção de novos prédios públicos com traços neoclássicos e ecléticos.

Embora essas reformas tenham trazido benefícios à infraestrutura urbana, como melhoria na circulação, iluminação e embelezamento da cidade, seus efeitos sociais foram profundamente excludentes. As camadas populares — majoritariamente compostas por negros libertos, imigrantes pobres e trabalhadores informais — foram desalojadas do centro e empurradas para regiões periféricas ou para os morros, onde surgiriam as primeiras favelas.

Entre os espaços destruídos pelo bota-abaixo, destaca-se o famoso cortiço Cabeça de Porco, que chegou a abrigar mais de 2 mil pessoas em condições precárias. Sua demolição, em 1893, simbolizou a política de expulsão dos pobres do centro urbano. A justificativa oficial era a higiene e o combate a epidemias como febre amarela, varíola e peste bubônica, mas a lógica subjacente era de exclusão racial e social.

Essa reconfiguração do espaço urbano afetou diretamente os imigrantes italianos, que se encontravam entre os principais ocupantes dos cortiços e pensões da região central. Muitos trabalhavam como operários nas próprias obras de demolição e reconstrução, demolindo as casas que os abrigavam. A urbanização "civilizadora" promoveu uma segregação espacial que dificultou ainda mais a integração desses grupos à vida econômica formal.

Simultaneamente, surgiram novas formas de vigilância e controle sobre os corpos e comportamentos dos pobres. A polícia ampliou sua atuação nos bairros populares, a imprensa caricaturava os "desordeiros" e "subversivos", e os códigos de postura municipais impunham restrições ao comércio de rua, aos ambulantes, às festas populares e às manifestações culturais dos subalternos.

Apesar das dificuldades, os italianos e os afrodescendentes buscaram formas de resistência e adaptação. Muitos passaram a residir em regiões como o Catumbi, o Estácio, a Cidade Nova e o início da Zona Norte, desenvolvendo comunidades com forte coesão interna, práticas associativas e expressões culturais próprias. A expulsão do centro levou à criação de novos polos de sociabilidade, como feiras, mercados, terreiros e associações de bairro.

Assim, a modernização do Rio de Janeiro não foi apenas uma obra de engenharia e estética urbana: foi também um processo de redefinição das relações de poder, pertencimento e cidadania. Os trabalhadores italianos e os ex-escravizados, embora alijados do projeto oficial de cidade, foram seus agentes invisíveis — levantando muros, asfaltando ruas, cozinhando, lavando, servindo e festejando —, reinventando o urbano a partir das margens.

Relações Raciais e Disputas Sociais: Imigrantes Italianos e Ex-escravizados

O fim da escravidão no Brasil e a chegada massiva de imigrantes europeus, especialmente italianos, desencadearam um processo de reconfiguração social e racial na capital federal. Ambos os grupos — negros libertos e imigrantes pobres — enfrentaram as mesmas dificuldades de inserção no mercado formal de trabalho e passaram a competir por oportunidades nas ruas do Rio de Janeiro.

Após a abolição, os negros libertos ocuparam os espaços urbanos como ambulantes, carregadores, lavadores, quitandeiras e outros ofícios precários, muitas vezes ao lado de imigrantes italianos recém-chegados. Ambos recorriam à informalidade como forma de sobrevivência em uma cidade que não lhes oferecia inclusão plena. A convivência era marcada por tensões, mas também por trocas culturais, solidariedade e resistência diante da repressão institucionalizada.

Leis de vadiagem, elaboradas para controlar os "indesejáveis" — aqueles sem emprego formal ou residência fixa —, atingiram em cheio esses grupos. No centro da cidade, a repressão ao comércio ambulante era constante, e os pedidos de licença encontrados no Arquivo da Cidade do Rio de Janeiro revelam que libertos e imigrantes compunham a maioria dos ambulantes licenciados.

A literatura e os registros oficiais da época retratam a presença dos italianos como parte do cotidiano popular. Em Dom Casmurro, Machado de Assis descreve um espelho barato vendido por um mascate italiano. O objeto, embora de qualidade inferior, simboliza a atuação desses trabalhadores na vida das camadas populares e o olhar crítico do autor sobre a condição material precária dessas classes.

A coexistência de negros e italianos nos cortiços, ruas e mercados cariocas reflete uma complexa dinâmica de competição e cooperação. Ambos eram alvo de estigmatização: os italianos por sua condição de estrangeiros pobres e os negros por sua herança escravocrata. Essa marginalização compartilhada favoreceu formas de organização comunitária e resistência, mas também gerou disputas simbólicas e materiais.

A preferência de empregadores pelos imigrantes brancos, considerados mais disciplináveis e civilizados segundo os padrões racistas da época, agravava a exclusão dos trabalhadores negros. Ainda assim, os dois grupos participaram conjuntamente da formação de espaços populares e culturais no Rio, como os cortiços, os mercados e os morros.

Essa interação, por vezes conflituosa, também se converteu em construção coletiva. Os vínculos estabelecidos nos cortiços e nas atividades ambulantes contribuíram para a consolidação de identidades urbanas mestiças e para a sobrevivência cultural diante da marginalização. O legado dessa convivência é visível na diversidade cultural e social do Rio de Janeiro contemporâneo.

Cultura e Resistência:
A Contribuição Italiana
e Afro-brasileira

A contribuição dos imigrantes italianos e das populações afrodescendentes para a cultura do Rio de Janeiro entre os séculos XIX e XX foi profunda e multifacetada. Ambos os grupos, marginalizados pelas políticas oficiais e excluídos das esferas formais de poder, encontraram na arte, na religião e na vida cotidiana formas de resistência, afirmação e influência.

Os italianos marcaram presença na arquitetura, urbanismo, artes visuais e música. Profissionais como Antonio Jannuzzi, arquiteto de Fuscaldo, projetaram obras emblemáticas como a Avenida Central e o Palacete Modesto Leal. Eliseu Visconti, nascido em Salerno, destacou-se como pintor da Belle Époque, deixando sua marca no Theatro Municipal e na Biblioteca Nacional. Rodolfo Bernardelli, filho de italianos, foi escultor de obras públicas importantes, e os irmãos Segreto estiveram entre os pioneiros do cinema nacional.

No campo associativo, destaca-se a Società Italiana di Beneficenza e Mutuo Soccorso (SIBMS), fundada em 1854 com apoio da imperatriz Teresa Cristina. Em 1907, a sede projetada por Jannuzzi na Praça da República tornou-se um símbolo da presença e organização da colônia italiana. Outras associações, como a Liga Capitular Fratellanza Italiana e a Società Operaria Fuscaldese Umberto I, reforçaram os vínculos regionais e a solidariedade entre conterrâneos.

Paralelamente, a cultura afro-brasileira

desenvolveu-se com vigor nas comunidades negras urbanas. As "tias baianas" — mulheres negras oriundas do Recôncavo Baiano — desempenharam papel central na preservação de tradições religiosas e musicais. Entre elas, destacou-se Tia Ciata (Hilária Batista de Almeida), filha de Oxum, iniciada no candomblé e grande articuladora cultural da Pequena África, na Cidade Nova.

Tia Ciata foi quituteira, mãe-de-santo e anfitriã de festas que mesclavam elementos cristãos e africanos. Sua casa reunia músicos como Donga, Pixinguinha, João da Baiana e Heitor dos Prazeres, além de jornalistas e políticos. Foi responsável por promover o samba, o partido-alto, e tradições como o "miudinho", transmitido ao seu neto Bucy Moreira. Suas festas, frequentadas por artistas e intelectuais, combinavam rodas de samba, bailes e cerimônias religiosas.

A atuação de Tia Ciata influenciou o carnaval carioca, o teatro, a culinária e a formação de redes de apoio dentro da comunidade negra. Sua relação próxima com o poder público — inclusive curando feridas do presidente Venceslau Brás — garantiu certa proteção a suas celebrações.

A convivência entre italianos e negros nos mesmos espaços, como os bairros da Gamboa, Sant'Anna, Glória e Cidade Nova, permitiu intercâmbios culturais que enriqueceram a vida urbana do Rio de Janeiro. Embora a discriminação racial e social tenha persistido, o contato cotidiano gerou práticas compartilhadas e manifestações híbridas.

O samba urbano, por exemplo, nasceu do encontro

entre o batuque africano e a influência harmônica e instrumental europeia. Nos terreiros e quintais de casas como a de Tia Ciata, forjou-se uma das expressões mais autênticas da identidade nacional brasileira. Esse processo também se expressou nas artes gráficas, na culinária e nos ofícios urbanos.

Assim, italianos e afrodescendentes, cada qual a seu modo, foram protagonistas de uma cultura popular vibrante e resistente. Suas trajetórias revelam a riqueza da diversidade social do Rio de Janeiro e o papel crucial das margens na formação do centro simbólico da nação.

Conclusão

A imigração italiana para o Brasil, particularmente no Rio de Janeiro, entre a segunda metade do século XIX e as primeiras décadas do século XX, configura-se como um processo histórico de grande complexidade. Inserida no contexto de uma Itália recém-unificada, marcada por exclusão social, pobreza e centralização política, a diáspora italiana representou uma tentativa de reinvenção e sobrevivência diante das adversidades.

O Brasil, por sua vez, vivia profundas transformações: o fim do tráfico negreiro, a abolição da escravidão e a proclamação da República remodelaram a sociedade e suas hierarquias. A imigração europeia foi instrumentalizada como parte de um projeto racial e econômico, substituindo a mão de obra negra por trabalhadores brancos, considerados mais adequados aos ideais de modernização e progresso.

No Rio de Janeiro, os imigrantes italianos se somaram aos ex-escravizados na construção das bases materiais e culturais da cidade. Habitaram cortiços, ocuparam ruas como ambulantes, participaram da edificação de obras públicas, promoveram associações de auxílio mútuo e deixaram marcas na arquitetura, nas artes e na economia urbana. Convivendo com a repressão, a exclusão e a precariedade, esses grupos também teceram redes de solidariedade e resistência, forjando uma cidade viva e plural.

A experiência compartilhada entre italianos e negros libertos não foi homogênea nem isenta de conflitos. Competiram por trabalho e por espaço, mas também construíram práticas comuns, legados cruzados e manifestações culturais híbridas que definiram a identidade carioca. O samba, as festas populares, o comércio de rua e os modos de morar traduzem essa complexa fusão.

Ao revisitar esse passado, compreendemos que a formação social do Rio de Janeiro — e do Brasil — não pode ser dissociada das trajetórias dos que vieram de fora, forçados ou por escolha, em busca de dignidade. Os imigrantes italianos e os afrodescendentes libertos, com suas histórias entrelaçadas, foram protagonistas de um processo de transformação urbana, social e simbólica que ainda hoje ressoa na cidade.

A memória dessa convivência, com suas tensões e solidariedades, revela a força das margens na construção do centro. Ao dar voz a essas experiências, reafirmamos a importância de uma história que reconhece a diversidade como fundamento de uma identidade nacional verdadeiramente plural.

REFERÊNCIAS

155 anni della Società Italiana di Beneficenza e Mutuo Soccorso di Rio de Janeiro. Lombardi nel Mondo.

Abreu MA. Evolução urbana do Rio de Janeiro. 3. ed. Rio de Janeiro: IPPUR/UFRJ; 2013.

Alencastro LF. História da vida privada. Império: a corte e a modernidade nacional. São Paulo: Companhia das Letras; 2004. Vol. 2.

Agostini A. As Aventuras de Nhô Quim. In: Vida Fluminense. Rio de Janeiro: 1869 jan 30. Reproduzido em: Biblioteca Nacional Digital.

Agostini A. Revista Illustrada (1876–1898). Acervo Digital da Biblioteca Nacional.

Alencar E. O Carnaval Carioca Através da Música. Rio de Janeiro: Francisco Alves, 1985. V.1

Almirante. No Tempo de Noel Rosa. 2ª ed. Rio de Janeiro: Francisco Alves, 1977.

Alves H. Sua Excelência o Samba. 2ª ed. São Paulo: Símbolo, 1976.

Alliata G. Il viaggio in Sicilia: iconografia e fotografia tra il XVIII e il XIX secolo. Palermo: Edizioni Novecento; 1989.

Alvim Z. Brava gente!: Os italianos em São Paulo, 1870-1920, 189 páginas, São Paulo-SP: Editora Brasiliense (1986).

ANPUH - Encontro Regional de História. Pelas ruas da cidade: italianos no mercado ambulante do Rio de Janeiro (1870-1920).

Arretche H, Marques MTS (2007). Políticas públicas no Brasil. Rio de Janeiro: Editora Fiocruz. p. 378.

Assis M. Casa Velha. São Paulo: Globo; 2008.

Assis M. Dom Casmurro. São Paulo: Globo; 2008.

Assis M. Esaú e Jacó. São Paulo: Globo; 2008.

Assis M. Memórias póstumas de Brás Cubas. São Paulo: Globo; 2008.

Assis M. Várias histórias. São Paulo: Globo; 2008.

Azevedo A. O cortiço. São Paulo: Expressão Popular; 2011.

Baratta G. As rosas e os cadernos: o pensamento dialógico de Antonio Gramsci. Rio de Janeiro: DP&A; 2004.

Barreto L. Contos completos. Schwarcz LM, organizadora. São Paulo: Companhia das Letras; 2010.

Barreto L. Marginalia. São Paulo: Globo; 2008.

Barreto L. Numa e a Ninfa. São Paulo: Globo; 2008.

Barreto L. Recordações do Escrivão Isaías Caminha.São Paulo: Globo; 2008.

Barreto L. Vida urbana. São Paulo: Globo; 2008.

Bartholazzi RA. Os italianos no Noroeste Fluminense: estratégias familiares e mobilidade social (1897-1950) [tese]. Niterói: Universidade Federal Fluminense; 2009.

Bassanezi MSB. Colonos do café. São Paulo: Editora Contexto, 2020.

Benchimol J (2003). «Reforma urbana e Revolta da Vacina na cidade do Rio de Janeiro». In: Ferreira, Jorge; Delgado,

Lucila de Almeida Neves. Brasil Republicano, vol. 1. O tempo do liberalismo excludente: da Proclamação da República à Revolução de 1930. Rio de Janeiro: Civilização Brasileira. pp. 231–285

Benchimol JL. Pereira Passos: um Haussmann tropical. A renovação urbana da cidade do Rio de Janeiro no início do século XX. 2. ed. Rio de Janeiro: Secretaria Municipal de Cultura; 1992.

Bertonha JF. Os italianos, São Paulo-SP: Editora Contexto; 2005.

Brasil. Decreto n. 847, de 11 de outubro de 1890. Código Penal dos Estados Unidos do Brasil. Rio de Janeiro: Imprensa Nacional; 1890.

Cabral S. No Tempo de Almirante. Rio de Janeiro: Francisco Alves, 1990.

Cabral S. As Escolas de Samba do Rio de Janeiro. Rio de Janeiro: Lumiar; 1996.

Cardoso AE. Agostini, Angelo (2002). As aventuras de Nhô-Quim & Zé Caipora: os primeiros quadrinhos brasileiros 1869-1883. [S.l.]: Senado Federal. 192 páginas

Carelli M. Carcamanos e comendadores: os italianos de São Paulo, da realidade à ficção (1919–1930). São Paulo: Ática; 1985.

Carvalho JM. Os Bestializados. O Rio de Janeiro e a República que não foi. São Paulo: Companhia das Letras; 2005.

Carvalho LA. Contribuição ao estudo das habitações populares: Rio de Janeiro, 1886-1906. Rio de Janeiro: Secretaria Municipal de Cultura; 1986.

Cenni F. Os italianos no Brasil, São Paulo-SP: EDUSP; 2003.

Chalhoub S. Trabalho, lar e botequim: o cotidiano dos trabalhadores no Rio de Janeiro da Belle Époque. São Paulo: Brasiliense; 1986.

Chinelli F. Folhas no chão: etnografia de uma sociedade de jornaleiros [dissertação]. Rio de Janeiro: Museu Nacional, Universidade Federal do Rio de Janeiro; 1977.Costa EV. Da monarquia à república: momentos decisivos. São Paulo: Editora da Universidade Estadual de São Paulo; 2007.

Costa EV. Da monarquia à república: momentos decisivos. São Paulo: Editora da Universidade Estadual de São Paulo; 2007.

Coaracy V. Memórias da cidade do Rio de Janeiro. São Paulo: Editora USP; 1988.

Cooxupé. Imigração e café: 175 anos de história. Hub do Café.

De Boni L. A imigração italiana no Brasil: aspectos históricos e culturais. Porto Alegre: EST Edições; 1996.

Dias MA, Nóbrega C, Bousquet F. História da arquitetura como ferramenta de preservação: o caso da restauração do Antigo Hotel Sete de Setembro. Rev Bras Arqueom Resta Conserv. 2007;1(2).

Dosse F. A história em migalhas: dos Annales à Nova História. Bauru: Editora da Universidade do Sagrado Coração; 2003.

Dulles JWF. Anarquistas e comunistas no Brasil (1900-1935). Rio de Janeiro: Nova Fronteira; 1973.

Ermakoff G. Rio de Janeiro 1900-1930: uma crônica fotográfica. Rio de Janeiro: G Ermakoff Casa Editorial; 2003.

Fausto B, organizador. Fazer a América: a imigração em

massa para a América Latina. São Paulo: Editora da Universidade de São Paulo; 2000.

Ferreira MML. O Cortiço e a cidade: a construção da marginalidade urbana na literatura brasileira do século XIX. São Paulo: Editora UNESP; 2010.

Ferrez G. O Rio antigo do fotógrafo Marc Ferrez: paisagens e tipos humanos, 1865-1918. São Paulo: Ex Libris; 1984.

Fontes V. O Brasil e o capital-imperialismo: teoria e história. Rio de Janeiro: Escola Politécnica de Saúde Joaquim Venâncio, Universidade Federal do Rio de Janeiro; 2010.

França A. História social do Rio de Janeiro (1808–1900). Rio de Janeiro: Editora UFRJ; 2009.

Francischeto M. L'emigrazione Italiana in Brasile (1870-1920).

Franco L. Giuseppe Bruno e la fotografia dell'Ottocento in Sicilia. Palermo: Kalós Edizioni d'Arte; 1997.

Franzina E. La grande emigrazione: l'esodo italiano tra Ottocento e Novecento. Milano: Mondadori; 1976.

Goldmacher M, Mattos MB, Terra PC, organizadores. Faces do trabalho: escravizados e livres. Niterói: Editora da Universidade Federal Fluminense; 2010.

Gramsci A. A questão meridional. Rio de Janeiro: Paz e Terra; 1987.

Gramsci A. Cadernos do cárcere. Literatura. Folclore. Gramática. Apêndices: variantes e índices. Rio de Janeiro: Civilização Brasileira; 2002. Vol. 6.

Gramsci A. Escritos políticos. Rio de Janeiro: Civilização Brasileira; 2004. Vol. 2.

Grosselli R. Colônias Imperiais na Terra do Café—Camponeses trentinos nas florestas brasileiras, Vitória-ES: Arquivo Público; 2008.

Guimarães AP. As classes perigosas: banditismo urbano e rural. Rio de Janeiro: Editora da Universidade Federal do Rio de Janeiro; 2008.

Guram M. A fotografia em três tempos [entrevista]. Mar 3. Sta. Tereza, 1h07min. Depositada no LABHOI/UFF. Entrevistadora: Ana Maria Mauad; 2009.

História do Túnel João Ricardo, que deu fim a Cabeça de Porco. Diário do Rio.

Holloway T. Imigrantes para o café: café e sociedade em São Paulo (1886-1934). Rio de Janeiro: Paz e Terra; 1984.

Hobsbawm E. A era dos impérios. Rio de Janeiro: Paz e Terra; 2005.

Hobsbawm E. Nações e nacionalismos desde 1870. Rio de Janeiro: Paz e Terra; 2008.

Instituto do Patrimônio Histórico e Artístico Nacional (IPHAN). Cais do Valongo: Patrimônio da Humanidade.

Jota E. Figuras e Coisas do Carnaval Carioca. Rio de Janeiro: Funarte.

Karasch ME. A vida dos escravos no Rio de Janeiro, 1808-1850. São Paulo: Companhia das Letras; 2000.

Klein HS. A imigração italiana e o desenvolvimento econômico no Brasil (1870–1920). In: Fausto B, organizador. História Geral da Civilização Brasileira: o Brasil republicano. São Paulo: Difel; 1977. p. 321–360.

Labanca GC. Società Beneficenza e Mutuo Soccorso degli Ausiliari della Stampa: a organização da distribuição de periódicos no Rio de Janeiro do início do século XX [Internet]. Anais eletrônico da ANPUH-Rio; 2010.

Lanza AL, Lamounier ML. A América Latina como destino dos imigrantes: Brasil e Argentina (1870-1930). Universidade de São Paulo.

Lobo EM. História do Rio de Janeiro: do capital comercial ao industrial e financeiro. Rio de Janeiro: Instituto Brasileiro de Mercados de Capitais; 1978.

Lombardi nel Mondo. 155 anni della Società Italiana di Beneficenza e Mutuo Soccorso di Rio de Janeiro; 2009.

Lombardi nel Mondo. Una società italiana di beneficenza a Rio de Janeiro; 2008.

Longo G. La fotografia in Sicilia nel XIX secolo. Palermo: Sellerio Editore; 1992.

Machado M. A cidade de baixo: trabalho e vida cotidiana no Centro do Rio de Janeiro (1900–1920). Rev Bras Hist. 2008;28(55):55–80.

Maram SL. Anarquistas, imigrantes e o movimento operário brasileiro: 1890–1920. Rio de Janeiro: Paz e Terra; 1979.

Martins IL. Italianos no Brasil. Conferência apresentada na Mesa Redonda: Arquivo Nacional / Instituto Italiano de Cultura do Rio de Janeiro; 2009.

Menezes LM. Os indesejáveis. Rio de Janeiro: Editora da Universidade Estadual do Rio de Janeiro; 1996.

Moura R. Tia Ciata e a pequena África no Rio de Janeiro, Rio de Janeiro: Funarte/INM; 1983.

Needell J. Belle Époque tropical: sociedade e cultura de elite no Rio de Janeiro na virada do século. Rio de Janeiro: Paz e Terra; 1993.

Nelle vie della città – os Italianos no Rio de Janeiro. Universidade Federal Fluminense.

O Rio que o Rio não vê. A italiana que perdeu a cabeça [Internet]. Orioqueorionaove.com; 2020 set 7

Oliveira LF. A sátira visual e o poder imperial: Angelo Agostini e a Revista Illustrada (1876–1889). Rev Hist Arte Arquit.

Pereira RG. Cais do Valongo, Cais da Imperatriz. Revista do Patrimônio Histórico e Artístico Nacional. 2017;43:85–103.

Pereira SM. Entre história, fotografias e objetos: imigração italiana e memória das mulheres [tese]. Niterói: Universidade Federal Fluminense; 2008.

Prefeitura do Rio de Janeiro. Porto Maravilha – História do Cais do Valongo e entorno.

Prefeitura do Rio de Janeiro. Reforma urbana e modernização: o legado de Pereira Passos. Rio de Janeiro: Prefeitura do Rio de Janeiro; c2020

Puppin D. Do Veneto para o Brasil, Vitória-ES: Edição Livraria Distribuidora; 1981.

Puppin D. La Vita Di Vittorio: Diário de um Imigrante, 256 páginas, Vitória-ES: edição do autor; 1994.

Reina V. Taormina e la fotografia nel XIX secolo: Giuseppe Bruno e Wilhelm von Gloeden. Catania: Edizioni Greco; 2003.

Renault D. O dia-a-dia no Rio de Janeiro segundo os jornais: 1870–1889. Rio de Janeiro: Civilização Brasileira; 1982.

Rio Memórias. Cabeça de Porco [Internet].

RioMemorias.com.br; 2023

Rio Memórias. Vilas operárias: o controle por meio da moradia. RioMemorias.com.br; 2023

Rocha OP. A era das demolições: cidade do Rio de Janeiro, 1870–1920. Rio de Janeiro: Secretaria Municipal de Cultura; 1986.

Rodrigues AEM. História da urbanização no Rio de Janeiro: a cidade, capital do século XX no Brasil. In: Carneiro SS, Sant'Anna MJG, organizadores. Cidades: olhares e trajetórias. Rio de Janeiro: Garamond; 2009.

Roio JL, organizador. Trabalhadores do Brasil: imigração e industrialização. São Paulo: Editora da Universidade de São Paulo; 1990.

Sá MI. O Rio de Janeiro e seus ambulantes: trabalho informal e cultura urbana (1870–1920). Rio de Janeiro: FGV; 2014.

Sarmiento da Silva É. Galegos no Rio de Janeiro (1850–1970) [tese]. Santiago de Compostela; 2006.

Sebe Bom Meihy JC. Italianos no Brasil: memória de uma imigração. São Paulo: Editora Contexto; 2004.

Semente de Favela: A demolição do Cabeça de Porco e o nascimento das favelas cariocas. Revista Cantareira.

Sereni E. Il capitalismo nelle campagne (1860–1900). Torino: Piccola Biblioteca Einaudi; 1967.

Sevcenko N (1999). A Revolta da Vacina. Porto Alegre: Scipione.

Silva BPL. Pobres e cidade: as representações dos cortiços e dos moradores pobres na imprensa carioca (1880–1906) [dissertação]. Rio de Janeiro: Universidade Federal do Rio de Janeiro; 2016.

Silva MCM. A lei da vadiagem no Brasil: repressão e controle social no pós-abolição. Tempo (Niterói). 2011;16(31):287-306.

Società Italiana di Beneficenza e Mutuo Soccorso in Rio de Janeiro: [diploma]. Biblioteca Digital Luso-Brasileira.

Teixeira S. O Rio de Janeiro pelo Brasil: a grande reforma urbana nos jornais do país (1903-1906). Rio de Janeiro: Unirio; 2020.

Thomaz JB. O colonato da cafeicultura do Oeste Paulista: suas contradições e a autonomização das categorias do capital.

Trento A. Do outro lado do Atlântico: um século de imigração italiana no Brasil. São Paulo: Nobel; 1989.

Trento A. Os italianos no Brasil. São Paulo: Premio; 2001.

Vallini L. Gli italiani in Brasile. Milano: Edizioni Paoline; 1978.

Vanni JC. Italianos no Rio de Janeiro: a história do desenvolvimento do Brasil partindo da influência dos italianos na capital do Império. Niterói (RJ): Comunità; 2000.

Velloso M. Castelo: a memória de um bairro extinto. Rio de Janeiro: Casa da Palavra; 2000.

Weyrauch CS, Fontes MAR, Avella AA. Travessias Brasil Itália. Rio de Janeiro: Eduerj; 2007.

Weyrauch CS. Deus abençoe esta bagunça: imigrantes italianos na cidade do Rio de Janeiro. Niterói: Comunità; 2009.

Made in the USA
Columbia, SC
24 June 2025